KB114926

보시 제일주의

# 보신제일주의 6

김용진 新무협 판타지 소설

초판 1쇄 찍은 날 § 2018년 3월 2일
초판 1쇄 펴낸 날 § 2018년 3월 7일

지은이 § 김용진
펴낸이 § 서경석

편집책임 § 이지연
디자인 § 신현아

펴낸곳 § 도서출판 청어람
등록번호 § 제387-1999-000006호
등록일자 § 1999. 5. 31
어람번호 § 제2-2742호

주소 § 경기도 부천시 원미구 부일로 483번길 40 서경B/D 3F (우) 14640
전화 § 032-656-4452  팩스 § 032-656-4453
http://www.chungeoram.com
E-mail § chungeorambook@daum.net

ⓒ 김용진, 2016

ISBN 979-11-04-91670-0 04810
ISBN 979-11-04-90695-4 (세트)

一. 화산(火山)

곧 화산이 터진다는 말을 증명이라도 하듯, 어둑한 하늘 높이 솟구치는 회색의 연기는 흑룡이 승천하는 것처럼 보였다. 그만큼이나 압도적인 광경이었다. 단사천은 그 광경을 눈에 담으며 다리를 통해 느껴지는 땅울림에 질겁한 얼굴로 산을 올려다봤다.

　새하얀 백두(白頭)와 새까만 흑연(黑煙), 눈처럼 떨어지는 회색 화산재가 단사천의 시야에 가득 찼다. 단사천은 마차의 창문을 닫고 솜을 가득 채운 좌석에 몸을 묻었다.

　"후우……."

밀려오는 두통에 머리를 부여잡은 단사천이 무너지는 동안, 마차 안에 타고 있던 다른 사람들은 난처한 얼굴로 눈빛을 교환했다. 침묵이 흐르고 어색한 눈빛만이 마차 안을 돌아다녔다. 그리고 눈빛이 가장 많이 쏠리는 곳은 단사천의 자리였다. 그간 행적으로 본다면 불평을 쏟아내도 이상할 것 없는 단사천이 너무도 조용한 탓에 그 눈치를 보느라 다들 조용히 입을 다물고 있었다.

정적을 깬 것은 단사천이었다.

"왕야."

"……."

"분명히 터지지 않는다고 말씀하신 거 아니었습니까? 다른 영지의 상태가 망가지면서 일시적으로 영기가 몰린 거라고, 그렇게 말하셨던 것 같은데요."

"…말하기는 했지."

"그럼 이건 무슨 상황입니까."

눈을 마주치지 못하는 현백기를 상대로 단사천은 일말의 감정도 담기지 않은 눈동자로 노려봤다. 강시의 그것처럼 새까만 유리알 같은 눈빛에 현백기는 멋쩍은지 헛기침을 했다.

"생각보다 영기가 많이 몰린 것 같다. 그래도 터지지는 않겠지만."

"정말로요?"

"그건 확실하다."

"그렇다면 다행입니다만."

단사천만이 아니라 마차 안에 있는 여성진의 눈도 조금 차가워졌다.

마을 안으로 천천히 들어서는 일행들을 맞이하는 것은 마을 주민들이 아니라 병사들이었다. 화산이 분출될 것 같은 기미를 보이자마자 마을 사람들은 모두 대피한 상태였다. 마을은 일대를 통제하기 위해 파견된 병사들의 숙소가 되어 있었다.

원래부터 살던 마을 사람들에 비해 병사들 수가 적은 탓인지 약간 을씨년스러운 분위기가 감도는 마을 중앙의 소로로 중년 무관 하나가 빠른 속도로 달려왔다.

"아가씨!"

허겁지겁 달려 나온 중년 무관은 달려오던 기세 그대로 단목혜를 향해 고개를 숙였다. 거의 직각으로 꺾이는 허리와 고개는 땅에 박힐 것 같았다. 황족에게나 할 법한 극상의 예에 옆에 서 있던 서이령이나 무설은 당황했지만 정작 대상이 된 단목혜는 그 행동을 자연스럽게 받아넘겼다.

"오랜만에 뵙네요."

단목혜가 인사를 받는 것과 함께 허리를 편 중년 무관은 살을 에는 추위에 어울리지 않게 땀을 삐질삐질 흘리고 있었다.

"일 년 만인가요?"

"예, 작년 단목 대도독님 생신 때 뵈었으니 그 정도 되었군요. 저… 그런데 여기는 어인 일로 오셨습니까?"

중년 무관은 그 짧은 말을 하는 와중에도 몇 번이나 허리를 굽혔다. 적게 잡아도 자신의 두 배는 오래 살았을 중년의 행동이 부담스러울 법도 하건만, 단목혜는 자연스럽게 받아 넘기고 있었다.

당연한 일이었다. 단사천이 온갖 문관들에게 이런 예를 받는 것에 익숙한 것처럼 그녀도 이런 일이 익숙했다. 당상(堂上)에도 오르지 못한 지방 군관의 이런 행동은 익숙함을 넘어서 일상이었다.

"장백산이 영험한 영산이라는 소식을 듣고 단 공자님의 요양차 들렀어요."

"요양입니까? 단가의 소주(小主)께서?"

중년 무관은 놀란 눈으로 옆에 있는 단사천을 돌아봤다. 그러고는 고개를 갸웃했다. 단사천의 기색에서 이상한 것을 느끼지 못한 탓이다. 탈속한 도인의 그것처럼 허허로운 기운이 감도는 것을 제외하면 단사천의 기도는 지금껏 봐온 그 어떤 젊은 무관들보다도 안정되어 있었다.

그렇다고 몸 어디가 불편해 보이는 것도 아니었다. 오히려 머리끝부터 발끝까지 공들여 섬세하게 빚은 작품처럼 완벽하게 균형 잡힌 몸이었다.

'요양을 다녀야 할 정도로 병약해 보이지는 않는데? 아니, 애초에 그만한 소문을 달고 사는 단가의 소공자가 어디 이상이 있을 리 없지.'

현 내각대학사 단리명의 지극정성과 단사천의 병적인 보신주의는 중앙 정계를 벗어난 자들에게도 유명한 것이었다. 반쯤 과장을 섞어 밥 대신 영약을 씹어 먹었다는 이야기에 도문에 들어 입산 수련으로 십 년을 보냈다는 둥, 그의 귀까지 닿는 소문은 하나같이 그러한 것들이었다.

'혹시 요양은 핑계고 다른 뭔가 있는 건가?'

그가 다른 것을 상상하는 것도 이유가 없지는 않았다.

어지간한 곳도 아니고 삼주(三柱)의 자제가 둘이나 포함된 일행. 호위로는 일류 무인만 수십에 무림인임이 명백한 도사들까지 대동한 모습은 단순한 요양보다는 무언가 목적을 가지고 있고, 그것을 숨기고 있다는 것이 오히려 더 현실성이 있었다.

'어쩌면 전선감찰을 나온 어사(御使)일 수도 있고, 아니면 인근에서 영약이 발견됐다거나 하는 경우도 있을 수 있지. 확실히 전부 가능성이 있어.'

한번 다른 방향으로 생각이 미치자 의문에 의문이 꼬리를 물었다. 결국 그는 눈앞의 단목혜와 단사천을 잠시 잊어버리고 상상의 나래를 마음껏 펼쳤다.

단목혜는 저 혼자 놀라더니 갑자기 생각에 잠긴 중년 무관을 물끄러미 바라봤다. 그제야 겨우 그녀의 시선을 눈치챈 듯, 그가 크게 헛기침을 했다. 생각에 잠긴 것이 그리 긴 시간은 아니었지만 상당한 결례임은 부정할 수 없었다.

"커흠, 죄송합니다. 아무튼 요양 목적이시라면 시기가 조금 좋지 않은 것 같습니다. 북방 정세도 문제지만, 무엇보다 당장 산이 이 모양이라……."

조심스레 산을 가리키며 말하는 중년 무관의 말에 단목혜는 가볍게 긍정했다.

"예, 그런 것 같네요. 오기 전까지는 설마 이 정도로 상황이 심각할 줄은 몰랐는데 말이죠."

그녀만이 아니라, 일행 모두가 시기에 문제가 있다고 생각하고 있었다. 단지 그럼에도 불구하고 강행해야 하는 이유가 있을 뿐이었다.

"그렇습니까."

대답할 마음이 없다고 판단했는지 무관은 말을 아꼈다. 대신 당연히 해야 할 일을 했다.

"이런, 일단 안으로 드시지요. 추운 곳에서 너무 오래 붙잡고 있었습니다. 자, 이쪽으로 오시죠. 모닥불을 피워놓았으니 그곳에서 몸을 녹이시죠."

말 중간에 손을 비비거나 실없는 웃음을 흘리는 모습은 영락없이 접객하는 점소이의 그것이었다.


          \*          \*          \*


무관을 따라 움직인 것은 단목혜와 관일문 정도였다. 서이령과 장삼은 장백산의 상태를 확인하기 위해 병사의 안내를 받아 입산했고, 무설은 마차에 오래 타고 있어서 몸이 찌뿌둥하다며 산책을 하러 갔고, 단사천만이 쉬고 싶다며 먼저 숙소로 향했다.

숙소라며 안내된 방은 꽤나 큰 편이었다. 관도도 놓아지지 않은 마을이었기에 딱히 기대하지 않았음에도 꽤 규모가 있는 장원이 몇 개나 있었는데, 아마도 지역 토호들의 별장으로 사용되던 곳인 듯했다. 덕분에 일행을 나누지 않고도 한 곳에 머물 수 있었다.

전력이 집중되어 있으니 여차할 경우 빠르게 움직일 수도 있고, 단순한 군졸들로는 미덥지 못한 파수도 피로를 최소한으로 억제하며 직접 행할 수 있었다.

"그건 분명히 좋은 일이지만……."

한숨을 내쉰 단사천은 방금 불을 붙인 화로의 온기를 쬐며 창문 너머로 보이는 장백산을 올려다봤다. 벌써 한식경은 지났을 텐데 여전히 검은 연기가 뭉게뭉게 피어오르고 있었다.

가라앉을 기미가 보이지 않는 광경만큼이나 속이 답답한 것이 속에서 연기가 피어나는 것 같았다. 어쩐지 숨도 턱까지 차오르는 느낌이었다. 숨쉬기가 힘들 정도로.

'숨쉬기가 힘들 정도로……?'

몸에 이상을 느낀 건 그 순간이었다. 자각하는 순간, 몸 전체가 무거움에 휩싸였다. 마음이 답답하니 몸도 답답한 거라고 생각하고 있었지만, 착각이 아니었다. 신체의 이상을 자각한 순간, 통증이 뇌리를 흔들었다.

"……!"

명치 어림부터 갑작스레 치솟는 통증. 전신이 얼어붙어 깨질 것 같은 지독한 한기였다.

차가운 영기가 심장과 폐장, 두 장기로 스며들고 있었다. 그나마 심장은 아직 버티고 있었지만 폐장은 달랐다. 들숨도 날숨도, 어느 하나 제대로 이어지는 것이 없었다.

급하게 가부좌를 취하고 내공을 돌려보지만 이미 중단전 주변은 영기에 잠식되어 내공의 움직임이 턱턱 막히고 있었다. 간신히 비집고 들어간다 한들, 이번에는 얼음처럼 혈도를 막은 영기가 나타난다.

대체 왜 이런 상황까지 모를 수 있었는지 스스로에 대한 자괴감이 차올랐지만, 그런 것에 시간과 심력을 낭비하기보다는 당장 눈앞에 닥친 상황을 해결하는 데 집중하기로 했다.

급하게 품을 뒤져 비상용 환약을 씹어 삼키고 내공을 끌어 올렸다. 온갖 약재를 퍼붓다시피 해 만든 값어치를 하는 단약은 혀가 마비될 정도의 쓴맛과 함께 위장에 불덩이를 집어넣은 듯, 강렬한 화기와 금기를 피워 올렸다. 그러나 그것도 잠시, 중단전 어림에서 내려오는 영기의 기세에 금방 그 기세가 죽어버렸다.

'너무 빠른데…….'

단전에서 내공을 끌어 올리는 그 짧은 사이, 이미 약 기운은 약간의 불씨만을 남긴 채 모조리 진화되어 있었다.

'넋 놓고 있을 여유는 없어!'

둥! 둥! 두둥!

끌어 올린 내공이 혈도를 틀어막은 영기의 벽에 부딪힐 때마다 전신이 크게 울렸다. 진짜 소리가 되어 울리는 것은 아니었지만, 규칙적으로 온몸을 휩쓰는 진동은 마치 대고(大鼓)를 코앞에서 두드릴 때의 그것과 비슷했다.

'영기… 성질은 차갑지만 수기만 있는 뭉쳐 있는 게 아니라 토기에 목기까지 한데 뭉쳐서 더 단단하게 굳어졌다.'

영기가 균형을 이루며 신체를 안정시키던 것처럼 혈맥을

막아버리는 벽이 된 지금도 세 기운이 유기적으로 뭉쳐 있었다. 토기가 쌓이고, 목기가 묶고, 수기가 남은 틈새에 들어찼다. 동토(凍土)처럼 단단히 굳은 그 벽은 어지간한 힘으로는 부딪힐 엄두도 나지 않는 수준이었다.

단사천이 쌓은 내공의 주가 되는 기운이 호체보신결이기에 그런 경향은 더 두드러졌다. 지금도 호체보신결의 진기는 주변 혈맥이나 장기로 영기의 침습을 막는 역할로서는 충분한 효과를 발휘하고 있었지만 당장 상황을 뒤집기에는 힘이 부족했다. 이 끈끈하고 안정적인 내공은 아무리 많은 양을 한데 뭉친다 해도 무거운 철퇴나 예리한 칼날이 될 수가 없었다.

물론 물방울도 바위에는 구멍을 뚫을 수도 있었다. 수적석천의 고사처럼 몇백 번이고, 몇천 번이고 포기하지 않고 두드리다 보면 길은 열리리라. 그것을 단사천도 모르는 바는 아니었지만.

여유가 없다.

이미 중단전의 활용이 불가능할 정도로 주변 혈맥이 영기에 의해 얼어붙어 있었다. 심장은 우선적으로 보호하고 있었기에 그나마 상태가 좀 나았지만 폐는 점차 힘을 잃고 있었다. 망설이다가 폐 기능이 약간만 더 둔해지면 그때부터는 아예 호흡으로 진기를 이어갈 생각은 버려야 했다.

당장 뚫어내지 못한다면 끝이다. 결국 사용할 수 있는 것은 단 하나, 그 외에는 선택의 여지가 없었다.

'…와라!'

약간의 망설임이 섞인 의지를 내려보낸다. 단전 깊숙한 곳까지, 여전히 거칠게 날뛰는 맹수의 목줄을 풀어젖힌다. 자유를 얻은 맹수, 무광검기는 아주 잠시 단전 안을 맴돌더니 길목을 열어주자마자 섬전처럼 쏘아졌다.

쿠웅! 쿵! 쿵! 콰아아아아!

무광검기는 일순간에 영기의 벽, 바로 앞까지 도달했다. 호체보신결의 진기를 갈가리 찢어발기며 내달리는 무광검기의 진격은 간헐적으로 흔들리던 전신을 쉴 새 없이 진동하게 만들었다. 혈맥 곳곳이 틀어막혀 제대로 주천도 불가능한 상태였지만 무광검기는 그 맹렬한 기세를 잃는 법이 없었다.

단전에서 끌어 올린 단 한 줌으로도 보신결의 진기가 개척한 분량 이상을 뚫어내고 있었다. 보신결의 진기가 성벽을 향해 칼질을 하는 수준이었다면 무광검기는 화포를 끌고 와 쏴버리는 수준이었다. 매 일격 일격이 둔중하게 벽을 흔들고 눈에 보일 정도로 틈을 넓혔다.

그러나 그만큼 신체에는 직전과는 비교도 할 수 없는 충격과 피해가 쌓였다.

"으윽!"

입술을 비집고 신음이 흘러나왔다.

주르륵.

몇 번이나 부딪히자 결국 입과 코에서 검게 죽은피가 흘러내렸다. 비릿한 혈향과 쇠 맛이 코와 입안에 가득 들어찼다. 피해는 겨우 그 정도로 끝나지 않았다. 거듭 쌓이는 충격을 버티지 못한 세맥이 찢겨 터진다. 내출혈, 피부 밑으로 피가 고이고 있었다.

"큭."

재차 충돌이 이어지니 이번에도 날카로운 신음이 튀어나왔다. 얼음송곳으로 찌르는 것 같은 통증이 척추를 타고 올라와 뇌리를 뒤흔든다. 또 한 번, 입에서 핏물이 새어 나왔다. 불컥불컥 흘러넘치는 핏물에 어느새 녹색 유삼이 붉게 물들었다. 그래도 전혀 성과가 없지는 않았다. 옷 한 벌과 통증을 대가로 무광검기가 영기의 벽 한가운데에 구멍을 뚫을 수 있었다. 구멍의 크기가 크지는 않았지만 한숨 돌릴 수 있는 결과였다.

잠시 숨을 고른 뒤, 젖 먹던 힘까지 짜내 무광검기에 속도를 더한다. 재차 단전에서 출발하는 무광검기는 혈도를 거칠 때마다 그 속도를 더한다. 폭주하는 기마처럼 내달리는 무광검기.

'달려라! 날뛰어라! 뚫어라!'

쿵! 쿵! 쿠구웅!

덜컥덜컥 튀는 몸을 억지로 내리 눌렀다. 등허리에 힘을 더하고, 가슴을 더욱 크게 펴 호흡을 깊게 끌어당긴다. 통증으로 아득해지는 정신을 부여잡기 위해 절로 이빨에 힘이 들어가자 뿌드득하는, 거칠게 이가 갈리는 소리가 방 안을 울렸다.

"이런, 꽤나 오래 걸렸습니다. 슬슬 해가 지는군요."

"죄송합니다. 번거롭게 했습니다."

"아뇨. 이리 젊고 아름다우신 소저와 함께인데 무엇이 번거롭겠습니까."

해가 산허리에 걸친 시점에서 서이령과 장삼은 장원으로 돌아왔다. 산의 전반적인 상태를 살핀다고 했지만 풍수사들이 하는 것처럼 본격적인 것은 아니었고 진입도 산 초입까지밖에 하지 않았기에 그리 오래 걸릴 일이 아니었지만, 도중에 발견한 약초의 군락에서 시간을 지체해 버렸다.

덕택에 가볍게 나섰던 것이 무색하게 두 사람의 양손에는 한가득 약초가 들려 있는 상태였다. 그 모습을 보고 장삼은 피식 웃어버렸다. 산을 오르던 도중 갑자기 약초 군락을 발견하고는 눈을 빛내던 그녀의 모습이 떠오른 탓이다.

성장한 환경 탓에 말투가 조금 딱딱하고 표정에 변화가 없는 아가씨였지만 가끔 보여주는 모습은 그 연령대에 어울리는 싱그러운 것이었다.

"그나저나 이것들을 보면 도련님이 좋아하시겠습니다."

"그러시겠죠?"

"예에, 물론이죠."

구태여 말하지 않아도 단사천이 환하게 웃으면 반기는 모습이 바로 선명하게 떠올랐다. 둘 모두 비슷한 것을 떠올렸는지 시선을 마주치고는 웃음을 교환했다.

"다 왔군요. 약초는 제게 주시지요."

약초를 넘겨받은 장삼은 서이령이 가볍게 몸단장을 다시 하는 것을 보며 속으로 웃음을 삼켰다. 평생을 봐온 단사천과 관련된 것이 아니더라도, 젊은이들의 풋풋함은 늙은이의 입장에서 보자면 그저 미소 지어지는 것이었다.

"단 공자님, 계십니… 공자님!"

서이령은 조심스레 방문을 열다가 새된 비명을 질렀다. 흐뭇한 웃음을 짓고 있던 장삼은 그녀의 비명을 듣고는 얼굴을 굳히며 발을 옮겼다.

투욱.

대나무로 짠 광주리가 둔탁한 소리를 내며 깨지기도 전에 장삼의 몸은 이미 방 안에 들어서 있었다. 장삼은 창문가에 가부좌를 틀고 앉아 있는 단사천을 보고는 눈을 크게 떴다. 시각 다음으로는 후각이었다. 코를 찌르는 진한 피 냄새에 장삼은 거칠게 주먹을 쥐었다. 손톱이 손바닥을 파고들면서 생긴 상처에서 핏물이 떨어졌다. 통증으로 겨우 상념을 흩어버린 장삼은 뚝뚝 끊기는 움직임으로 서이령을 돌아보며 입을 열었다.

"아가씨, 도련님을."

"예, 예!"

불의의 상황에 잠시 정신을 놓고 있던 서이령은 장삼의 나직한 부름에 겨우 정신을 붙잡고 답했다. 뒤는 더 뭐라 말할 필요가 없었다. 예상하지 못했기에 잠시 당황한 것이지 환자의 상태가 갑작스럽게 악화되는 일은 익숙했다.

그녀는 당황의 빛을 지우고 차갑게 굳은 얼굴로 가부좌를 틀고 앉은 단서천의 앞에 무릎 꿇고 앉았다. 운공 중인 단사천을 건드리지는 않으면서 핏물의 점성과 색, 맛까지 꼼꼼하게 확인하고 다음으로 기도와 안색, 호흡을 살폈다.

'기식(氣息)과 안색(顔色)도 좋지 않지만 그래도 울혈(鬱血)은 전부 뱉어낸 상태. 급한 상황은 지나갔다.'

접촉으로 인해 상태가 나빠질 것을 염려해 맥을 잡지는 못했지만 진찰에서 처방까지 일련의 과정을 순식간에 끝마친 서이령은 짧게 한숨을 내쉬었다. 그녀의 얼굴에서 긴장감이 옅어진 것을 확인한 장삼이 곧장 입을 열어 물었다.

"도련님께서는 어떠십니까?"

"영기 발작이 언제 시작했는지는 모르겠지만 지금은 안정세에 접어들었습니다."

안도의 숨을 내쉬던 장삼의 얼굴은 다시 일그러졌다. 첫 발작 이후 주기가 점차 짧아지고 있었다. 주기만 짧아지는 것이 아니라 발작의 강도도 점차 강해졌다. 이처럼 방바닥이 흥건할 정도로 피를 토했던 적은 지금껏 없었다. 정말로 한계가 가까워졌다는 소리였다.

"혹시 제가 뭔가 할 수 있는 일이 없겠습니까?"

장삼이 물었지만 서이령은 대답하지 않고 가만히 단사천의 안색을 살폈다. 한참이나 그렇게 침묵을 유지하던 서이령은 단사천이 길게 숨을 내쉬는 것을 보고 나서야 입을 열었다.

"처음부터 준비하고 대처했으면 손을 쓸 여지가 있었을 테지만 이미 공자님께서 운공에 들어가신 이상 외부에서 섣불리 손을 쓰다가는 더 큰 위험이 될 수 있습니다. 대신 깨어난 이후를……."

거기까지 말한 서이령은 입술을 질끈 깨물고는 자리에서 일어섰다.

"아가씨?"

당황하는 장삼을 내버려 두고 바로 방을 나선 서이령은 주변을 둘러보다가 사방에 흩어진 약초들을 빠르게 주워 담기 시작했다. 광주리가 반쯤 차자 그녀는 비명을 듣고 달려온 무사에게 광주리를 떠넘기고는 날카로운 표정으로 말을 쏟아냈다.

"이대로 들고 가서 물에 씻어 오십시오. 인근에 있는 우물이나 샘은 쓸 수 없으니, 식수용으로 미리 구해뒀던 물을 사용하셔야 합니다. 약재를 다룰 때는 흙만 털어내면 되니 뿌리는 최대한 상하지 않게 조심하셔야 합니다. 그리고 어르신."

"…아, 예! 말씀하시지요."

멍하니 그녀의 모습을 보고 있다가 자신을 호명하자 급하게 자세를 바로 하는 장삼에게 서이령은 방문지(方文紙)를 꺼내 빠르게 몇 개인가 약재의 이름을 휘갈겼다.

"아까 들으니 약초를 공동으로 저장하는 창고가 있다고 들었습니다. 현지 군관에게 협조를 얻어서 개방할 수 있겠습니까?"

"얼마든지요."

장삼은 일말의 망설임도 없이 고개를 끄덕였다. 민초들이 쌓아놓은 물건을 강제 징발 하는 것이 마음에 걸리기는 했으나, 어차피 놔둔다 해도 화산이 터지면 마을과 함께 순식간에 불타 없어질 물건들이었다. 정히 마음에 걸린다면 나중에 보상하면 될 일이었다.

"하수오, 삼지구엽초, 광목, 녹용… 이것들로 찾아오면 되겠습니까?"

그 외에도 몇 개인가 약재의 이름이 적혀 있었는데 하나같이 양기를 북돋기 위한 약재들이었다.

"예, 될 수 있는 한 많이 필요합니다."

"알겠습니다. 죄다 털어 오겠습니다."

짧게 고개를 끄덕인 장삼은 그대로 땅을 박찼다.

텅!

장삼이 서 있던 마루의 나무가 쪼개질 정도였다. 깊게 패인 발자국과 주저앉은 마루를 남겨두고 장삼의 신형은 이미 장원의 담장을 넘고 있었다.

"그럼 이젠……."

장삼의 모습이 담장 너머로 사라지는 것을 확인한 서이령은 다시 주변으로 시선을 돌렸다. 긴장한 채 쭈뼛거리는 무사들이 눈에 들어왔다.

"제 방에서 침구와 연단로, 약탕기를 가져와 주십시오. 그쪽 분은 마을에 대장간이 있는지 없는지, 있다면 화로와 장작, 연료의 상태를 확인해 주시기 바랍니다."

"예!"

"반으로 나뉜다. 어서 움직여!"

약간의 시간 차를 두고 크게 답한 무사들은 일사불란하게 움직였다. 마치 썰물처럼 사방으로 흩어지는 무사들, 끓어올랐던 장원은 적막에 휩싸였다.

*          *          *

완전히 어둠이 내리고 방 안에는 호롱불 몇 개가 일렁이며 빛을 발하고 있었다. 그리고 방의 중심에는 피도 닦아내지 못한 단사천이 여전히 운공 중에 있었다.

호흡이 안정을 되찾았고 내쉬는 숨에서 느껴지던 한기도 옅어진 상태였다. 혈색은 아직도 창백한 편이었지만 서이령이 처음 발견했을 때보다는 훨씬 나아진 상태였다.

서이령은 조금씩 편안해지는 단사천의 얼굴에 틈틈이 시선을 던지며 약재와 도구를 정리했다. 침을 소독하고, 뜸이나 단약을 당장 사용할 수 있게 늘어놓는다. 단사천이 눈을 뜨면 당장에라도 움직일 수 있는 상태를 만들어놓은 그녀는 조용히 단사천의 상태에 집중했다.

약재를 갈고, 도구를 정리하던 작은 소음마저 사라지자 방 안에는 답답한 침묵이 흘렀다. 두 사람의 숨소리만이 작게 겹치고 있었다.

눈을 떴을 무렵은 한밤중이었다. 화촉이 밝혀져 있어 어두운 느낌은 그리 없었지만 공기가 전반적으로 차가운 것이 새벽 즈음인 듯했다. 호체보신결이 어느 정도 깊게 이르고 나서는 느낀 적 없는 한기에 몸을 떤 단사천은 가부좌를 풀려 움직였다.

으드득!

오랜 시간 한 자세로 있었던 탓인지 가부좌를 풀려는 작은 움직임에도 전신이 삐걱거렸다. 그게 더하여 내공도 바닥나 그냥 이대로 드러누워 움직이고 싶지 않았지만, 땀과 핏물로 들러붙은 옷이 전신에 찝찝한 느낌을 선사하고 있었다.

아무래도 씻지 않을 수는 없었다.

"으음……."

밑에서 들리는 뒤척임에 자리에서 일어나려던 단사천은 어정쩡한 자세로 멈췄다.

등잔 밑이 어둡다는 말처럼 불빛이 닿지 않는 위치에 누워 있던 서이령이었다. 단사천이 낸 기척에 잠이 깬 것인지, 초점이 잡히지 않은 흐린 눈으로 그를 올려다보는 모습. 평소의 이지적인 모습에서는 떠올리기 쉽지 않은 모습이었다.

"아, 공자님!"

크게 놀란 그녀는 얼굴을 붉히며 옷매무새를 바로 했다. 여전히 머리는 부스스한 상태였지만 서이령은 얼굴을 굳히고 단사천에게 다시 자리에 앉을 것을 요구하며 손목을 잡았다.

눈을 감고 맥을 잡는다. 얼마쯤 시간이 지나고, 눈을 뜬 서이령은 짧게 한숨을 쉬었다.

"당장은 괜찮아진 것 같습니다."

잠시 말을 멈추고 주변에 늘어놓은 약재를 뒤적이며 몇 가지를 골라내다 말고 다시 말을 이었다.

"하지만 그간 약력으로 억눌러 놓았던 것이 무너지며 균형이 완전히 깨져 버렸습니다. 이제는 인력으로 어찌할 수 없습니다."

서이령과 장삼이 발품을 팔아가며 각종 약재를 끌어모으기는 했지만 이제는 의미가 없어졌다. 잠시 양기를 북돋는다고 해도, 아주 약간의 시간만 벌 수 있을 따름. 비상용의 약을 조제하기는 하겠지만 비상시에 제대로 된 효과가 나올지도 의문이었다.

"지금은 한시라도 빨리 산에 오르는 수밖에……."

알고 있는 이야기였지만 본직의 입으로 빠져나갈 길 없는 확언을 듣는 것은 역시 힘들었다.

"역시 그렇습니까."

"미약한 효과밖에 없겠지만, 원하신다면 침이나 탕약 어느 쪽이나 준비는 해놓았습니다. 필요하시면 말씀해 주시길."

"그럼 탕약 쪽으로 부탁드립니다."

효과가 없다는 말은 들었지만, 이미 약을 먹는 건 세끼 이상으로 중요한 의식에 가까웠다. 심신의 안정, 신(身) 쪽은 몰라도 심적인 안정감을 위한 일이다. 의미 없이 배만 부르는 것이라 해도 익숙한 일상의 반복으로 조금쯤 안정이 생길 터였다.

"알겠습니다. 목욕하고 나오시면 바로 음용하실 수 있도록 준비해 놓겠습니다."

방 안에 어지럽게 늘어져 있는 약재와 침구 따위를 능숙하게 정리한 서이령은 고개를 숙여 보이곤 밖으로 나섰다.

조용하게 흔들리는 화촉의 불빛에 비춰지는 핏자국을 내려다본 단사천은 길게 한숨을 내쉬었다.

목욕을 마치고 돌아온 단사천의 방에는 이미 몇 사람이 앉아서 그를 기다리고 있었다.

"도련님, 몸은 좀 괜찮으십니까?"

걱정 가득 한 장삼의 목소리를 들으며 단사천은 머리에 남은 물기를 털어내곤 가볍게 고개를 끄덕였다. 장삼은 근심 어린 눈빛으로 단사천의 전신을 훑다가 겨우 한숨을 내쉬며 다 쓴 수건을 건네받았다.

"후우, 그래도 큰일로 이어지지 않아 다행입니다."

장삼이 뒤로 물러나자 기다리고 있던 서이령이 사기 그릇 하나를 들고 다가왔다.

"여기 탕약입니다."

갈색이 너무 진해져 새까맣게 우러난 탕약이 넘실거리는 그릇을 받아 든 단사천은 아직 따뜻한 그것을 단숨에 삼키고 자리에 앉았다. 배 속에서 차오르는 온기를 느끼고 있으려니 장삼이 말을 이었다.

"…그러면 도련님도 오셨으니 본격적으로 이야기를 시작하겠습니다, 관 단주."

"예, 먼저 장백산의 상황입니다. 현지의 사냥꾼이 확인한 결과 천지는 아무래도 완전히 유황천(硫黃泉)이 된 것 같습니다. 그 이후로 시간이 더 지났으니 심해졌으면 더 심해졌지, 완화되지는 않았으리라 생각됩니다."

"확실히 산의 초입부터 화산의 기운이 강했습니다. 일대 수원은 모두 오염된 상태였고 지기(地氣)에도 독기가 섞여 있는 것이 천지의 상태는 독지(毒池)일 가능성은 충분합니다."

서이령의 말을 들으며 모두가 탄식을 감추지 못했다.

"하지만 가장 큰 문제는 이제 더 이상의 유예가 없다는 겁니다. 상황이 나아지기를 기다릴 수 있는 시간이 없습니다. 백방으로 손은 썼지만, 이제 외부에서 인력으로 억누를 수 있는 단계는 진즉에 지나갔습니다. 더욱 쇠진해지면 그마저도 일시에 무너질 겁니다."

"가는 수밖에 없지."

현백기의 퉁명스러운 대답에 단사천은 그저 고개를 끄덕

였다.

"그것 말고도 문제는 있다. 영지에 들어가려면 천지 밑바닥까지 가야 한다는 거다."

탁자 위에 축 늘어져 있던 현백기가 문득 생각났다는 듯 말했다.

"그래도 이 문제는 올라가서 주인만 찾아내면 어떻게든 해결할 수 있는 거니까. 의외로 큰 문제는 아닌가."

"그런가요? 그런데 주인이 있다는 건 잘못하면 도움은커녕 화산(華山)에서처럼 시끄러워지는 것은……?"

무설이 말끝을 흐리며 되물었다. 그간 영지를 찾아다니는 과정에서 순탄했던 적이 없었던 만큼 타당한 질문이었다. 특히나 파군과 비슷한 영물이 주인으로 있다면, 상상하기도 싫었다.

현백기는 고개를 저으며 답했다.

"교섭 재료가 없으면 모를까, 대충은 어떻게 해야 할지 보이는 덕분에 괜찮다."

"영물에게 내줄 정도의 가치가 있는 뭔가가 있었습니까?"

의아한 얼굴로 서이령이 물었다. 그녀가 알기로는 일행이 가진 것 중에 영물의 관심을 끌어낼 만한 물건은 없었다. 어쩌면 파군의 내단이 거래의 재료가 될 수도 있겠지만 저 정도로 오염된 것을 기뻐하며 받을 영물이 있으리라고는 생각할 수 없었다.

"그 부분은 맡겨둬라. 말이 전혀 통하지 않는 놈도 아니고."

"이번에는 맞았으면 좋겠네요."

쿡 찔러오는 단목혜의 말에 현백기는 헛기침하며 모른 척 딴청을 피우며 털을 다듬었다.

"그러면 언제쯤 올라갈까요?"

"최대한 빨리! 해가 뜨는 대로 바로!"

단호한 의지와 힘이 실린 단사천의 음성이 방 안에 퍼졌다.

\*        \*        \*

아침 해가 떠오를 무렵에는 이미 일행 모두가 준비를 끝마치고 산 초입에 도착해 있었다. 새벽닭이 울 즈음 장원을 나선 그들은 전원이 가벼운 차림새를 한 채로 도중에 멈추는 일 없이 빠르게 산을 올랐다.

일행 전원이 무공을 익힌 무인들. 화산처럼 산세가 험한 것도 아니기에 등산 속도는 엄청났다. 그러나 속도는 얼마 유지되지 못했다. 산을 오를수록 점차 느려지던 발걸음은 이내 완전히 멈췄다.

"음, 이건 좀 좋지 않은데."

선행하는 무사들과 본대 사이를 오가던 관일문은 산을 오를수록 점차 짙어지는 백색의 안개에 미간을 찌푸렸다. 안개만이라면 일행의 무위를 고려해 볼 때 전혀 문제될 것이 아니었으나.

"화산 증기인가? 조금 짙은데."

너무 조금씩 진해져 알아차리기 힘들었지만 이 정도나 되니 확실히 알 수 있었다. 유황의 냄새와 눈이 저릿할 정도의 독기가 공기 중에 가득했다. 주변 나무들이 노랗게 죽어 있었고, 동물과 벌레는 어디서도 보이지 않았다.

아직 못 버틸 정도는 아니다. 벌써부터 앓는 소리를 낼 정도로 모자란 자는 없었다. 문제는 이제 겨우 삼부 능선을 넘은 상황이라는 것. 아직 중턱도 오르지 못한 곳에서부터 이 정도 독기라면 아무래도 생각이 많아질 수밖에 없었다.

"이거, 경상자들과 함께 소저분들은 내려보내는 편이 좋지 않겠습니까?"

"나도 그렇게 생각하네."

장삼과 어깨를 나란히 하며 말을 주고받은 관일문은 뒤로 돌아 일행의 면면을 살폈다.

아직은 다들 괜찮아 보이지만 몇몇, 호흡이 거칠어지고 안색이 창백해지는 사람들이 있었다.

역시 가장 두드러지는 것은 서이령이었고 경상을 입은 무사들도 조금 발걸음이 무거워 보였다. 그 외에는 큰 이상 없이 멀쩡해 보였지만 여기서 독기가 더 진해지고 나서도 대부분이 멀쩡할 수 있을 것 같지는 않았다.

"잠시 정지하겠습니다."

결국 관일문은 손을 크게 저으며 말했다. 앞서던 선발대가 멈춘 것을 확인하고 의아한 얼굴로 그를 쳐다보는 일행들에게로 고개를 돌렸다.

"아무래도 일행을 나눠야 할 것 같습니다."

딱히 무어라 더 말할 필요도 없었다. 관일문이 말을 하자 대부분이 고개를 끄덕였기 때문이다.

"후, 저는 더 이상은 힘들 것 같습니다."

"그럼 저도 서 소저랑 같이 내려갈게요. 아직은 여유가 있지만 이게 정상까지 지속된다면 아무래도 힘들 것 같네요."

서이령이 먼저 입을 열자 무설이 뒤따라 손을 들었다. 이어서 상태가 좋지 않은 무사들이 자진해서 빠졌고 무양자에 의해 일성을 제외한 나머지 일자배 제자들이 산을 내려가는 쪽으로 발을 옮겼다.

"아가씨께서도 내려가서야 합니다."

"……"

슬쩍 나무 뒤편에 숨어 있던 단목혜까지 내려보내는 것을 마지막으로 일행은 완전히 나뉘었다.

단목혜는 잠시 반항할까 고민하는 듯했지만 결국 입을 다물고 하산하는 일행에 섞여들었다. 단사천이 피식 웃으며 상황을 정리했다.

"이제 움직일 준비를 하죠."

소휴식을 겸해 일행을 나누고 있던 터라, 호령과 동시에 움직일 수는 없었다. 흩어져 주변을 경계하던 무사들이 돌아오는 사이, 무양자는 하산하는 사질들을 불러 조용히 말을 건넸다.

"내려가서는 중원의 이야기를 수소문해 두어라. 그리고 본파에 연락도 한번 넣고, 제자 놈의 인맥을 빌리면 파발은 몰라도 관의 전서구 정도는 사용할 수 있을 테니 어렵지는 않을 거다."

"알겠습니다."

"아마 나도 곧 내려올 거라고 생각한다만, 여차할 때 움직일 수 있게 준비도 해놓고."

"예."

서이령이 산을 오르는 일행들에게 몇 가지 조치를 취하는 것을 끝으로 일행이 갈라졌다.

"그럼 바로 출발하겠습니다."

호령과 함께 튀어 나가는 인영들, 일행 중에서도 뛰어난 자들만이 남은 덕에 경사가 완만했던 초입보다 오히려 더 빨라진 속도였다.

점차 짙어지는 장백산의 새하얀 독무(毒霧) 속으로 일행들의 몸이 파묻혔다.

二. 이무기

천지(天池)는 보통의 화구호(火口湖)를 압도하는 크기를 지니고 있는 수원이다. 산 위에 만들어진 것이라 믿기지 않을 정도의 수량(水量), 연못[池]이라고 불리지만 실상은 호수라 불러도 좋은 수준이었다.

평상시라면 새파란 하늘색을 그대로 담은 맑은 물이 고여 있어야 할 천지는 혼탁한 색으로 변해 있었다. 희뿌연 연기가 물속에 갇혀 있는 것 같은 모양새에 겨우 한 치 밑의 상황도 보이지 않았다.

구르르릉! 부글부글.

천지가 울렸다. 지진이라고 생각하기에는 진동의 범위가 너무나 좁고 또 약했다. 천지 일대의 국지적인 지진, 그리고 천지 중심에서부터 거칠게 뿜어져 올라오는 기포의 존재가 화산 활동에 의한 지진이 아님을 말해주고 있었다.

촤아악!

기포가 그 기세를 줄였을 때 수면이 폭발하듯 거대한 기둥이 하나 솟았다. 아니, 그것은 기둥으로 착각할 정도로 거대한 뱀이었다.

수면 위로 드러난 몸체만 해도 서너 장은 될 법한 대사(大蛇)는 몇 번 혀를 날름거리더니 한 방향을 노려보다 고개를 갸웃거렸다.

[익숙한 기운이 느껴지는데…….]

거대한 뱀, 영암(嶺唵)은 어딘지 익숙한, 그리고 동시에 미묘하게 기분이 나빠지는 기운이었다. 다만 그렇다고 해도 딱히 사기(邪氣)나 마기, 귀기 따위의 불길한 것은 아니었다. 영물들이 품고 있는 순수한 기운. 영암, 자신이 품고 있는 것과 비슷하면서 다른 영기였다.

영암은 그것이 무엇인지 곧 파악할 수 있었다.

[…이건 수기(水氣)인가? 태산의 냄새가 나지만 성질은 그것과는 조금 다르군. 무언가 섞인 건가?]

오로지 맹렬한 화기로 가득한 화산 지대에 섞여든 수기는 눈에 띌 수밖에 없는 것이었다. 새하얀 종이 위에 떨어진 먹물 한 방울과 같은 존재감에 영암은 호기심을 드러내며 혀를 날름거렸다. 혓바닥을 타고 날아드는 냄새의 입자를 끌어 모으는 행동이었다.

인간의 몇 배나 예민한 뱀의 후각은 영물이 되며, 한층 더 예리하고 섬세해졌다. 장백 일대를 모두 제 영역으로 삼는 후각은 곧장 특이한 수기를 지닌 존재에 대한 정보를 붙잡았다. 그렇게 끌어모은 냄새를 분석하던 영암은 저도 모르게 숨을 크게 들이켰다.

[하나의 그릇 안에 수기에 토기와 목기가 섞여 있다고?]

그건 특이한 일이었다. 영지에 단 하나의 영기가 깃드는 것처럼 영물들은 대개 일생에 걸쳐 단 한 종류의 영기만을 체내에 쌓는다.

대단한 이유는 아니다. 지성을 갖추지 못한 짐승들이 영성을 얻어 영물이 되기 위해서는 영지의 기운에 장시간 노출되며 그것을 체내에 쌓는 것이 유일한 방법인데, 그렇게 영성을 얻고 영물로 승화(昇華)하게 되면 영기의 기운을 따라 신체가 변하는 까닭이다.

수기가 쌓인 곳에서는 수기에 적응하고, 금기가 쌓인 곳에서는 금기에 적응한다. 더 많은 영기를 체내에 담기 위한 변화이고 진화였다. 신체를 재구성하고 내단에 더욱 진하고 순수한 기를 채워 넣기 위함이었다.

등천에 성공하는 자들이나 여의주 같은 것을 완성시키며 음양오행의 균형을 맞추는 것이지, 그렇지 않은 자들은 생명체로서 지나칠 정도로 극성에 치우치는 것이 보통이었다.

지금 느껴지는 것처럼 세 개나 되는 영기가 뒤섞인 존재는 수백 년의 삶 중에 처음이었다.

갸웃거리던 고개는 이제 완전히 한 바퀴를 돌았다. 잠을 너무 오래 잔 탓에 코에 무언가 문제라도 생겼나 싶었지만 그것도 아니었다.

[미약하지만 화기와 금기까지? 단지 이쪽은 영기는 아니고 따로 영초 따위를 먹어 정제해 낸 건가? 비록 오행의 상생상극이 조화를 이루고 있지는 못하지만, 이것들이 있어서 어떻게든 서로 다른 영기들 사이의 균형이 유지가 되는 거로군. 보통의 방법은 아닌데, 신기하군.]

점차 가까워지는 그 특이한 기운에 집중하느라 방금 전까지 차오르던 짜증을 잊어버린 영암은 눈을 빛냈다.

\*　　　　\*　　　　\*

"낙석! 낙석 주의!"

선행하던 무사의 외침에 모두의 시선이 위를 향했다.

쿠르릉! 쿠웅! 쿵!

집채만 한 바위가 비탈을 맹렬히 굴러 내려오고 있었다. 경로상에 존재하는 나무를 가볍게 짓이기며 떨어지는 거석.

"전원 정지! 뒤로 물러난다!"

아연한 반응도 잠시, 관일문의 호령에 맞춰 일 장 정도 거리를 더 뒤로 물러났다.

바위의 진행 경로는 일행의 약간 앞을 지나가는 경로였다. 하지만 그렇다고 바위를 보고만 있을 수는 없었다. 굴러떨어지는 것은 바위 한 덩이가 아니었다.

바위가 만들어내는 모래 먼지와 함께 작은 돌덩이와 자갈 수백 개가 급경사를 타고 떨어지고 있었다. 주먹만 한 것에서 아이 머리통만 한 것까지 크기가 다양했다. 그러나 품고 있는 기세만큼은 비슷했다. 잘못 얻어맞으면 뼈 한두 개 부러지는 것은 일도 아닌 기세. 바위보다도 더 성가셨다.

상황을 살피던 관일문이 재차 호령했다.

"엄폐물 뒤로 움직여!"

무사들은 일제히 나무나 바위 뒤로 몸을 피했다. 돌멩이 몇 개야 얼마든지 쳐낼 수 있었지만 저렇게 해일처럼 쏟아지는 토류를 상대할 수 있는 자는 없었다. 대부분은 그렇게 몸을 피했지만 모두가 그런 것은 아니다. 한 사람은 오히려 웃음을 띠며 앞으로 나섰다.

"뒤로 와라."

미처 피하지 못한 자들을 등 뒤로 불러 모으며 무양자가 앞으로 나섰다. 표정 변화도 없이 담담한 기색을 유지하며 자세도 잡지 않고 가볍게 검병에 손을 뻗었다.

차릉!

맑은 소리와 함께 뽑혀져 나온 검은 지척까지 날아온 토사(土砂)를 대상으로 휘둘러졌다.

따앙! 따다다다당!

경쾌한 소리를 시작으로 콩을 볶는 것 같은 소리가 연이어 울려 퍼졌다. 검광으로 이뤄진 벽이 생기고 그 앞에 다시 흙벽이 생겨났다. 격류가 되어 몰아치는 토사를 상대로 단 한 걸음도 물러나지 않고 한 치의 영역도 내어주지 않는다. 주먹만 한 것은 물론, 손가락 한 마디 정도의 작은 파편과 모래알하나조차 뒤로 흘려보내지 않는 고집스러운 검격이었다.

무양자가 그 자리에 서서 우직하게 버티는 사이, 토사의 격류는 그리 오래지 않아 그쳤다. 애초부터 지진이나 산사태도 아니었다. 굴러떨어졌던 바위의 크기가 심상치 않기는 했으나 그뿐이었다.

"이거야 원, 방심할 수가 없군."

무양자의 검에 잠시 넋을 놓고 있던 관일문은 고개를 세차게 흔들고는 일행을 살폈다. 일단 한눈에 보기에 흙먼지를 뒤집어쓴 자는 꽤 있었지만 다친 자는 없는 듯했다. 이미 산중턱에서 한 번 일행을 나눴다. 더 나뉘지는 것은 환영할 수 없었다.

"후, 다시 출발하겠습니다. 정렬!"

관일문의 호령에 몸을 피했던 무사들이 다시 행렬을 정비하는 동안 바위 그늘에서 나온 단사천은 한껏 찌푸린 눈으로 주변을 둘러봤다.

중턱을 지나고부터 장백산의 산세는 한층 더 험해졌다. 제대로 정비된 길이 없어 짐승길로 다녀야 함은 기본이고, 죽은 나무들로 길이 막히고 칼날 같은 바위 군락 사이를 지나가기도 했다. 하지만 험난해진 것은 산세만이 아니었다.

시도 때도 없이 빈발하는 지진과 함께 떨어지는 낙석, 바위 틈새에서 갑자기 뿜어져 나오는 무형의 독기까지 화산 활동에 의한 것임은 들어 알고 있지만 정말로 영산이었다고 믿기 힘들 정도로 살벌한 환경이었다.

당장 공기 중에 섞인 독한 기운에 의해 숨을 쉴 때마다 수명이 깎여 나가는 기분이 들었다. 아니, 실제로 수명이 줄어드는 것이 사실일 것이다. 미리 중화제며 복면이며 준비해 두었건만 내공이 얕은 자들은 산중턱에서 갑자기 진해진 독기를 견디지 못하고 하산했다.

"안 가냐?"

어깨에 올라탄, 정확히 올라탔다기보다 짐짝을 들듯 걸쳐진 현백기가 입을 열었다. 힘이 빠진 목소리, 진이 빠진 모양새였다. 다만 다른 이들처럼 독기나 갑작스러운 돌발 상황에 의한 것이 아니다. 산이 품은 기운 탓이었다. 한여름, 거의 녹아내리듯 늘어졌던 때와 같았다.

활동하고 있는 화산(火山)의 정기가 현백기가 품은 수기를 자극하고 있었고, 정상을 향해 올라갈 수록 더 뜨거워지는 지열(地熱)도 한몫하고 있었다. 단사천이 느끼기에도 땅에서부터 느껴지는 열기가 상당했는데 온도 변화에 민감한 현백기라면 더욱 심할 것이 분명했다.

"갑니다."

단사천은 마찬가지로 탈력감이 가득한 목소리로 대답하며 발을 옮겼다.


일행은 부지런히 산을 올랐지만 그리 빠르지는 않았다. 정비되지 않은 산길이 불안정한 발판이라는 것도 문제였지만 낙석, 지진은 물론이고 밟은 곳에서 독기 따위가 뿜어져 나오는 것도 경계하지 않을 수 없었다. 그렇다 보니 일행이 나아가는 속도는 느릴 수밖에 없었다. 일반인들이라면 충분히 빠른 편에 속하지만 엄선된 무인이라면 기어가는 것이나 다름없는 속도였다.

결국 산 정상에 올랐을 무렵에는 이미 해가 중천을 지나 있었다.

　"이제 곧 정상입니다."

　선두의 무사가 나지막한 목소리로 말했다. 능선 하나만 넘으면 바로 영물의 영역이었다. 크게 말할 수는 없었다. 그러나 일행 중 그 말을 듣지 못한 자는 없었다.

　조심스러운 발걸음이 조금 더 조용하게 변하고 또 느려졌다. 사방을 경계하며 긴장을 끌어 올린 일행은 천천히 능선을 넘었다. 능선 너머에서 나타난 것은 새하얀 안개를 품고 있는 천지였다. 긴장이 무색하게 펼쳐진 평화로운 광경에 장삼이 무심코 감탄이 흘러나왔다.

　"이것 참, 장관이로군요."

　뒤이어 나머지 일행들도 비슷한 반응을 보였다. 점창산의 산세에 익숙한 무양자나 일성도 점창산에서는 볼 수 없었던 광경에 눈에 이채를 띠고 있었다.

　산 위에 있다고는 믿기지 않는 크기의 호수가 만들어내는 풍광은 확실히 감탄이 절로 흘러나오는 광경이었다. 아마 그 천지에서 김이 모락모락 올라오지만 않았어도, 그 김에서 느껴지는 것이 지독한 독기만 아니었어도 단사천도 다른 사람들처럼 감탄을 먼저 할 수 있었을 터였다.

　더욱이 저 아래로 들어가야 한다는 것까지 생각한다면 참

담함과 걱정만이 가슴속에서 피어오를 뿐이었다.

"단주님!"

한창 단사천은 걱정을, 다른 사람들은 감탄을 하고 있을 때, 아래쪽에서 외침이 들렸다.

선행하며 앞서 위험을 살피던 무사들이었다. 수면 언저리에서 주변을 확인하던 그들은 한껏 굳은 얼굴로 무어라 외치며 비탈을 달려 올라오고 있었다.

"뭐냐?"

"물 아래에 무언가 있습니다."

"확실치는 않지만 아마도 이곳 영지의 주인 같습니다."

앞으로 나서던 관일문은 부하들이 가리키는 팔을 따라 시선을 천지의 중심으로 보냈다. 안개처럼 짙게 낀 독기 때문에 제대로 보이는 것이 없었지만, 곧 부하들이 왜 그리 호들갑을 떠는지 이해할 수 있었다.

수면 아래에서 흔들리는 검은 그림자는 바다에서나 볼 법한 거체였다. 고래를 연상시키는 몸이 물속에 잠겨 있었다.

이윽고 물속에서 솟구치는 거대한 그림자에 사방으로 물이 튀었다. 못해도 십여 장의 높이를 가진 그것, 천지의 주인인 이무기 영암의 거체가 수면 한가운데 솟아나 있었다. 산을 오르기 전, 현백기에게서 미리 엄청난 덩치를 지닌 뱀이라 듣기는 했지만 실제로 보고 느끼는 것과 듣는 것으로는 충격

의 정도가 달랐다. 살아 있는 것이 믿기 힘들 정도로 거대한
몸체였다.

"저게……."

"…대체 얼마나 큰 거야?"

거체가 내뿜는 위압감에 압도된다. 무공의 고하, 연륜의 깊
고 얕음을 가리지 않고 일행 모두는 아연한 눈으로 검은 형
상을 눈에 담았다.

그리고 일행 모두의 시선이 그 거체에 모이자, 기다렸다는
듯이 독기의 안개 속에서도 샛노란 빛이 뿜어져 나왔다. 그
빛은 마치 실체를 지닌 듯 눈이 마주친 자들의 몸을 억눌렀
다. 내공을 끌어 올려 버티려 해봐도 제대로 움직일 수 있는
자는 한 손에 꼽았다.

"크윽……!"

"과연, 이 정도는 해줘야 영산의 주인이라 할 수 있지."

일행의 입에서 침음이 흘렀다. 위압을 버텨낸 사람은 무양
자와 장삼, 관일문에 일성 그리고 단사천을 마지막으로 겨우
다섯이 전부였다.

안광이 약해지자 이번에는 안개를 뚫고 목소리가 흘러나
왔다.

[영기가 느껴지기에 새로운 길을 개척한 자를 만나게 되었
나 했더니, 인간인가. 이런 시기, 이런 곳까지 흘러들어 온 자

들이 길을 잘못 든 것은 아닐 테고.]

사위에 울리는 목소리에는 쉿쉿거리는 바람 소리가 섞여 있었다. 거대한 물체는 말을 하면서 점차 가까워졌다. 가까이 다가오며 독무를 넘어 영암이 본모습이 드러나자 일행 모두의 얼굴이 굳어지며 침음을 흘렸다.

길게 찢어진 눈에서는 샛노란 안광(眼光)을 뿜어내고 사람 팔뚝보다 두꺼워 보이는 혓바닥을 길게 날름거리는 거대한 뱀의 등장은 미리 각오하고 있었던 것이라도 충격적인 모습이었다. 그래도 화산에서 파군을 만나며 비슷한 경험을 한 적이 있다는 것이 다행이었다.

마기와 귀기가 뒤섞인 불길한 기운도 없었고, 무엇보다 살기가 없었다. 적의는 느껴지지만 살의가 담기지 않은 기세는 버틸 수 없는 종류가 아니었다. 천천히 다가오는 영암에게 몸을 돌린 관일문은 진지한 태도로 예의 바르게 고개를 숙였다.

"우선은 멋대로 이곳까지 온 것에 대해 사과를 드리겠습니다."

고개를 든 관일문은 아직도 사위를 짓누르고 있는 영암의 기운을 흩어내기 위해 내공을 담아 외쳤다. 영암의 안광에 묶인 자들이 그 외침에 겨우 정신을 차리고 자세를 바로 했다.

"원하신다면 그에 상응하는 것을 지불하는 것으로 용서를

구하고 싶습니다. 다만 저희의 이야기를 들어주시기 바랍니다."

스스슷. 뱀의 그것을 몇십 배로 키워낸 것 같은 숨소리를 흘린 영암은 말없이 몸을 가까이 들이밀었다. 파군의 그것에 비해 모자란 것 같다고 생각했던 위압감이 번들거리는 눈동자가 가까워짐에 따라 가일층 배가 되고 있었다.

단사천은 호위들과 무양자의 뒤에 서 있음에도 무심코 검에 손을 가져갈 뻔했다. 그 눈빛은 마주하는 자로 하여금 이성의 밑바닥을 들추고 본능을 자극하는 것이 있었다.

[너희는 집에 칼을 든 도둑이 들었다면 그들을 상대로 이야기를 먼저 듣는 자들인가?]

영암의 꼬리가 흔들렸다. 가벼운 움직임이었으나 결과물까지 가볍지는 않았다. 천지의 수면이 거칠게 흔들리고 땅이 가볍게 울렸다.

"우리는 도둑이 아니오!"

이야기를 듣던 일성이 굳은 얼굴로 앞으로 나섰다. 그에게는 자격이 있었다. 나고 자란 사문의 이름에 부끄러울 행동 따위 평생에 걸쳐 한 번도 한 적이 없는 그였다. 하지만 영암은 냉소를 흘리며 차갑게 대꾸했다.

[인간이란 늘 그렇게 이야기하지. 그러나 늘 본질은 시시한 욕망이었다. 영지에 자라는 영초를 노리고, 영물의 내단

을 노리고 오는 놈들. 누군가 있든 말든 습격해, 약탈하기 위해서.]

영암은 낮은 웃음소리를 냈다.

"저희는 그런 의도로 온 것이 아닙니다. 어쩔 수 없는 이유가⋯⋯!"

[인간의 변명 따위 들어줄 가치도 없다.]

쩌억!

황소 몇 마리쯤은 가볍게 집어삼킬 수 있을 거대한 입이 열렸다. 그 모습에서는 틀림없이 강한 적의와 살의가 느껴졌다. 아예 이야기를 들을 생각도 없는 것 같은 영암의 모습에 관일문은 등에 메고 있던 창을 쥐었고 다른 무사들도 제각각의 무기를 꺼내 들었다.

창칼을 꺼내 드는 모습에 영암의 눈동자에는 더욱 진한 살기가 감돌았다. 그때였다.

"⋯사람 싫어하는 건 여전하군."

귀를 기울이지 않았다면 제대로 듣기 힘들었을 작은 목소리였다.

"거, 그런 식이니까 아직도 여의주를 빚질 못하는 거다."

단사천이 메고 있던 봇짐에서 뛰쳐나온 현백기는 주위의 눈에 아연실색한 당황과 동요가 퍼지는 것에도 아랑곳 않고 말을 이어갔다.

"이것도 싫고 저것도 싫다. 그러면서 무슨 깨달음이냐. 살기도 지우지 못하고 본능도 떨쳐내지 못했으면서 말이야."

현백기의 정체를 짐작도 못 했던 일성이나 말단 무사들에게서 시작된 동요는 주위에 퍼져 관일문과 장삼도 곤혹스러운 기색을 보이고 있었다. 무양자 정도만이 여전히 자세를 무너뜨리지 않고 날카로운 눈으로 영암을 노려보고 있을 뿐이었다. 미리 이야기를 들었던 것도 있지만 그보다도 노강호의 연륜이 더욱 컸다. 싸움을 앞두고 정신을 흐릴 것에서 의식적으로 주의를 끊어버리는 것이다.

[너, 태산의 너구리⋯⋯!]

"왜? 오랜만에 보니 반가우냐?"

꼬리를 흔드는 현백기의 시선이 영암을 꿰뚫어 보았다. 당황과 분노로 몸을 떨던 영암은 그 노란 눈을 빛내며 뱀 특유의 바람 빠지는 소리를 냈다. 조금 소리의 크기는 달랐지만.

[샤아아악!]

한계까지 열어젖힌 입에서 뿜어진 숨결은 증기의 벽을 순식간에 걷어냈다. 희뿌연 수증기가 사라지자 어렴풋하게 보이던 영암의 형체가 그대로 드러났다.

길게 뻗은 몸통은 성인 두셋이 손을 마주 잡아야 할 정도였고 전신을 뒤덮고 있는 번들거리는 검은 비늘은 마치 쇠를 두드려 만든 찰갑(札甲) 같았다.

입속에서는 사람의 팔뚝보다 크고 두꺼운 두 개의 독니가 번들거렸고 머리 뒤에서는 창날 같은 꼬리가 거칠게 휘둘러지고 있었다.

담이 약한 자는 그대로 도망쳐 버릴 위협적인 모습. 그러나 위협은 곧장 공격으로 이어지지 않았다.

당황 속에서 창을 꺼내 영암을 겨누었던 관일문은 내심 안도의 한숨을 내쉬었다. 손가락을 가볍게 움직여 주위 상황을 살피라고 부하들에게 신호를 보냈다. 찾아야 할 것은 영지로 들어가는 입구가 아니라 만일의 사태를 대비한 탈출로, 현백기가 앞으로 나서며 대화를 하는 사이 끝내두어야 했다.

관일문과 무사들이 움직이는 사이, 두 영물의 대화가 시작됐다.

꼬리를 멈추고 한껏 벌린 입을 다물었지만 샛노란 두 눈에서 흘러나오는 적의는 옅어질 기미가 보이지 않았다.

[여기는 무슨 생각으로 온 거냐?]

"너한테는 볼일 없다. 이쪽이 용무가 있는 건 영지뿐이다. 영지까지 갈 수 있게 길만 내주면 아무래도 좋다만."

[샤악!]

현백기의 대답을 듣고 영암은 짧게 혀를 날름거렸다. 인간으로 치자면 코웃음을 치는 것 같은 느낌의 행동이었다.

[하아… 지금의 천지에 잠수도 할 수 없으면서 말은 잘하

는군. 네놈의 꿍꿍이를 드러내라, 망할 탈색 너구리. 내 인내심이 아직 남아 있는 동안에 말이야.]

"방금 말한 그대로 영지에 볼일이 있을 뿐 다른 의도는 없다, 숯덩이 놈아."

[날붙이를 든 인간 수십을 끌고 와서는 영지에만 볼일이 있다고? 그걸 나보고 믿으라는 소리냐?]

"사실이 그런 것을 어쩔까."

현백기가 단답을 내버리자, 영암은 강한 어조로 그 답을 되받아쳤다.

[거짓말을 하여 나를 불쾌하게 만들지 마라! …이야기할 마음이 없다면, 힘으로 내쫓아주마.]

다시금 입을 벌리고 한 쌍의 독니를 드러냈다. 이번에는 단순한 위협이 아니라는 걸 증명이라도 하듯, 숨결에서 독무가 섞여 나왔다. 흑색과 자색이 뒤섞인 불길한 색이 눈에 보일 정도였다.

"거참, 놈도 성격 급하기는… 여의주가 보고 싶지 않으냐?"

마치 얼어붙은 것처럼 영암의 움직임이 우뚝 멈추었다. 기묘한 움직임을 보이던 몸통도, 서서히 흔들리던 꼬리도, 새어 나오던 숨결까지 일순간 정지했다. 그 모습에서는 틀림없이 강한 동요가 느껴졌다. 현백기는 이 정도로 큰 반응을 내보일 것이라 생각지 못해, 내심 놀랐으나 표정으로는 드러내지 않았다.

[…지금 여의주를 입에 담은 거냐?]

"그래, 여의주. 오행기(五行氣)를 하나로 빚은 바로 그거 말이다. 비록 아직은 미완성의 반쪽짜리지만 여기 있단 말이지."

'등용(登龍)을 노리는 놈들은 하나같이 여의주에 과민 반응을 하기는 했지만, 이건 조금 상정 이상인데.'

예상을 너무나 크게 웃도는 반응에 당황하기는 했으나, 이를 이용하지 않을 이유는 없었다. 틈을 보인 상대만큼 상대하기 쉬운 것도 없었다.

[…시시한 거짓말을 하는군.]

이전의 강한 어조와는 다른 힘이 빠진 흔들리는 목소리였다.

[너무나도 시시한 허풍이다. 나의 땅에 흙발을 들이민 것으로도 이미 충분히 나는 화가 나 있다. 너구리, 그리고 인간들이여. 더 이상 나를 불쾌하게 만들지 마라.]

"한번 천문(天門)에서 떨어지더니 그 코도 맛이 간 거냐? 제대로 봐라. 저 녀석이다."

현백기는 두 발로 일어서서는 한쪽을 가리켰다. 현백기의 발톱이 향한 곳은 단사천이 있는 방향이었다. 단사천은 한창 뱀이 싫어한다는 당귀나 봉숭아 따위를 봇짐에서 꺼내고 있었던 와중이었다.

[크하하하하하!]

현백기의 대답을 듣고 단사천에게 시선을 보낸 영암은 잠 깐의 침묵 뒤, 크게 웃었다. 그것은 기분 좋은 웃음이 아니었 다. 허탈, 허망, 분노 같은 것들이 끈적끈적하게 뒤섞인 열기 를 뿜어내는 격한 웃음이었다.

[저 인간이 대체 무엇을 어찌했는지는 몰라도 영기를 담고 있음을, 그것도 세 종류나 되는 것을 품고 있음은 인정하마. 하지만 기껏해야 인간이다! 영기를 다룰 줄도 몰라 그것에 먹혀가는 천치가! 감히 여의주를 만든다고?]

말을 하면서 영암은 일행을 하나하나 노려보았다. 샛노란 눈동자 속에 깃든 불꽃같은 일렁거림이 독무의 그것처럼 흑 자색으로 물들었다. 물리적인 압력마저 수반한 듯한 시선을 받아 현백기는 한 발 뒤로 물러났다.

그 눈에 담긴 감정은 격노였다.

[장난치지 마라!]

극심한 분노를 억제하지 못해 전신이 파르르 떨린다. 영암 의 거체가 만들어낸 해일이 천지 사방으로 퍼졌다. 땅이 흔 들리고 수십 개의 돌덩이가 산 아래로 비탈을 따라 굴러떨어 졌다. 고함과 기세만으로도 사방이 흔들렸다. 영암은 마치 심 호흡을 하듯 숨을 고르더니, 격렬한 말을 토해냈다.

[너 태산의 너구리! 인간 따위와 영합한 쓰레기가! 용을 추구하는 존재라면 그 모두가 여의주에 전심(專心)과 전력을 다하는 것을 도구 삼아, 알량한 술책으로 나를 흔들려는 것임을 모를 것 같나! 빌어먹을 것들이!]

그 분노는 영원히 이어질 것 같았다. 그러나 현백기가 단사천을 장삼의 등 뒤에서 끌어내 앞으로 끌고 오자, 문득 급격히 가라앉았다. 뚝 끊어지는 듯한 변모였다. 더 정확히는 단사천이 등에 지고 있던 봇짐에서 목함을 꺼내 듦과 동시였다.

목함은 걸쇠까지 걸려 있는 상태로 굳게 닫혀 있었지만 영암의 후각은 그 안에 담긴 것이 무엇인지 너무나 선명히 그리고 있었다.

"냄새로 알겠지? 이게 뭔지?"

천천히 걸쇠를 제거하는 현백기의 행동을 지켜보는 영암의 눈에는 불신의 빛이 감돌았다.

[설마.]

철컥.

뚜껑이 열리고 비단과 청석(靑石)으로 장식된 내부가 드러났다. 목함 중심에는 몇 겹의 비단이 둥그런 무언가를 덮고 있었다. 그 비단을 걷어내자 황흑의 보주가 요사스러운 빛을 흘리며 모습을 드러냈다. 납탑파군의 내단이었다. 그것은 이미 그 주인의 생이 다하고 세상을 떠났음에도 기운을 잃지 않고 있었다.

"화산 영지의 주인, 납탑파군의 내단이다. 이놈이 해버렸지."

[그 괴물이 한낱 인간에게 당할 리가 없을…….]

현백기는 천천히 고개를 가로저었다.

"정상적인 상태라면 그렇겠지. 하지만 그때의 놈은 제대로 된 상태는 아니었다. 어떤 미친 종자들에 의해서 맛이 간 상태였다. 그렇다고 해도 이 녀석이 한 일이 없어지는 것은 아니다. 파군을 벤 것은 분명 이 녀석이다."

현백기가 영암에게 거짓말을 할 이유 같은 건 없다. 그리고 무엇보다도 내단이 이곳에 있다는 것이 가장 큰 증거였다. 뼈, 피, 가죽 모두 대단한 보물이지만 그 모든 것을 다 합쳐도 내단의 가치와는 비교도 할 수 없다. 그런 것을 가지고 있다는 건 더 말할 필요 없는 것이었다.

영암이 더 반박하지 않고 조용해지자 현백기는 내단을 꺼내 쥐고는 목함을 뒤로 던져 버렸다.

현백기의 앞발에는 파군의 내단이 들려 사방으로 빛을 발했다. 기운을 숨겨주던 것들이 사라지자 한층 더 진한 마기와 요기를 흩뿌리는 보주에 무수한 시선이 모여들었다. 아니, 모였다고 하기보다 끌어당겼다는 말이 더 어울렸다.

마력(魔力)이었다.

꿀꺽.

누군가의 목에서 그런 소리가 들렸다. 한두 사람의 목에서 나는 소리가 아니었다. 무사들은 물론이고 일성과 무양자가 서 있는 곳에서 마찬가지였다. 무리도 아니었다. 손톱만 한 영물의 내단이나 이삼백 년 묵은 영약만으로도 그것을 차지하기 위한 자들로 일대 소란이 인다. 그리고 지금 현백기의 손에 들린 것은 그런 것들과는 비교도 할 수 없었다.

이것이 세상에 나간다면 한 성(城), 한 주(州) 정도가 아닌, 온 천하가 들끓을 정도의 물건이었다.

오히려 이 정도에서 끝났다는 게 이들의 정신 수양의 정도를 보여주는 것이었다.

"놈이 얼마나 맛이 간 상태였을지는 이것만 봐도 대충은 알 수 있을 테지?"

높게 들려진 파군의 내단을 바라보는 영암의 눈에 옅은 노기가 서렸다.

[영엄한 금령(金靈)에 마기와 귀기, 요기까지 섞였군. 이런 혼탁한 잡기들이라니, 거기에 사념(邪念)과 살기(殺氣)인가…… 과연 등천을 앞두고 있던 그 괴물의 것이라고는 볼 수 없는 상태군.]

영암의 목소리에는 깊은 감정이 서려 있었다. 비록 납탑과

군과는 딱히 좋은 기억이 있는 것도 아니었지만, 같은 영물로서 등천에 가장 가까운 존재에 대해 경외나 존경의 념이 없던 것은 아니었다. 납탑파군은 분명 대우를 받을 가치가 충분한 존재였다. 이렇게 형편없이 더럽혀져도 될 그런 존재가 아니었다. 영암은 안타까움을 그대로 드러내며 고개를 가로저었다.

[내게 그것을 보여주는 이유는 무엇이냐? 협박 따위를 하려는 것은 아닐 테고.]

"말했잖느냐. 영지를 쓸 생각이라고. 이게 그 이유다."

[이유? 그것이?]

의아한 눈빛을 숨기지 않고 내보이던 영암은 곧 생각이 미쳤다는 듯 꼬리를 흔들었다.

[아아. 과연, 화기의 정을 사용해 파군의 내단에서 불순물들을 걸러내고 다시 금기의 정화를 추려낼 셈인가? 그런 이유에서라면 얼마든지 길을 내어줄 수 있다. 위대한 구도자의 사리(舍利)는 그만한 대우를 받을 가치가 있다. 거기에 쌓인 화기를 소모할 필요도 있으니 얼마든지 허락한다. 하지만.]

말을 멈춘 채로 긴 혀를 몇 번인가 내뻗던 영암은 얕은 숨을 내뱉곤 현백기를 노려봤다. 방금 전까지 여의주라는 단어에 흥분하고 격노하던 모습이 사라진 상태, 말 그대로 냉혈한 뱀의 눈을 한 영암은 천천히 입을 열었다.

[그것과 여의주가 대체 무슨 상관이 있는지 모르겠군. 더욱이 그게 저 어린 인간과 무슨 연관인지도 말이다.]

영암의 눈매가 날카로워졌다. 옅은 노기와 의심이 깃든 눈이었다. 그에 현백기는 담담한 어투로 답했다.

"인간은 영기를 다루지 못한다."

뜬금없는 현백기의 말에 영암은 고개를 갸웃했다. 현백기도 딱히 답을 바라고 한 말은 아니었던 듯, 곧 말을 이어갔다.

"하지만 담을 수는 있지."

[확실히 저 인간의 몸 안에 영기의 가닥이 셋이나 깃든 것은 신기하지만 그뿐이다. 그저 담겨 있다는 것이 무슨 의미를 가진다는 거냐. 인간은 다룰 수 없는 힘이다. 이미 셋으로도 벅차거늘, 다섯 기운을 다 담기도 전에 육신이 붕괴할 거다. 인간은 나약해.]

한 차례 가볍게 숨을 토한 영암은 단호한 어조로 말했다. 그리고 옆에서 뱀이 기피하는 약재들을 씹다가 사레가 들린 단사천이 거칠게 기침을 토하는 와중에도 원인을 제공한 두 영물은 신경도 쓰지 않고 대화를 이어갔다.

"그럴지도 모르지. 하지만 불가능하다고 결정 난 것도 아니지 않느냐. 어쩌면 해낼지도 모르지."

[샤악! 열에 하나, 아니, 만에 하나의 가능성도 없는 것

아니다, 리고?]

"그래, 그럼 된 거 아니냐? 어차피 녀석은 이것밖에 길이 없다. 인간의 몸으로 셋이나 되는 영기를 담았다. 여의주를 만들지 않고서는 당장 산을 내려가다 급사(急死)해도 전혀 이상하지 않아. 가능성을 따질 때가 아니란 말이지. 그리고 무엇보다 너나 나도 똑같지 않느냐. 수천 마리의 영물 중에 하늘에 오를 수 있었던 것은 한 줌도 되지 않는다. 너는 네 생이 다하기 전에 등천하여 용이 됨을 장담하기에 수행을 계속하는 거냐?"

현백기와 영암의 시선이 교차했다. 잠시 서로 시선을 주고받던 둘은 동시에 아직도 기침을 토하고 있는 단사천에게로 시선을 옮겼다. 간신히 속을 수습한 단사천을 지긋이 바라보던 영암은 잠시의 시간을 두고 고개를 끄덕였다.

[…영지로 데려가 주마. 단, 태산의 너구리, 그리고 반쪽짜리 여의주를 품은 인간. 너희 둘뿐이다. 나머지 인간들까지는 허락할 수 없다.]

"흠, 그건 어쩔 수 없나. 알았다. 그렇게 하지."

영암이 내거는 조건을 들은 현백기는 아무렇지 않게 고개를 끄덕였지만 반발은 다른 곳에서 튀어나왔다.

"잠시 기다려 주십시오!"

장삼과 관일문이 뛰쳐나와 단사천의 좌우에 섰다. 뒤이어 무사들도 내려와 뒤편에 늘어섰다.

"두 분만 보낼 수는 없습니다! 저희도 수행하겠습니다!"

그들 입장에서는 당연한 반응이었다. 겨우 몇 분 전까지만 해도 그만한 적의를 뿜어내던 대사의 영역에 단둘만 보내는 일은 있을 수 없었다.

그러나 영암은 일체의 망설임 없이 고개를 가로저었다. 인간을 영지에 들이는 것도 내키지 않는 일이었지만 그것 말고도 이유는 있었다.

[그것은 들어줄 수 없다.]

확고한 의지를 담아 거절을 표한 영암은 장삼과 관일문이 무어라 답하기도 전에 말을 이었다. 이유를 설명하기 위함이었다.

[내가 옮겨줄 수 있는 것은 저 둘이 전부다. 만일 너희 인간들이 화독(火毒)과 유황으로 가득한 물속에서 나를 따라 일각 반 동안 잠수할 수 있다면 얼마든지 따라와도 좋다만 너희 인간들이 가능하겠느냐?]

"그건……."

장삼이 침음을 흘리며 고개를 떨어뜨렸다. 일각 반의 잠영(潛泳)은 어려울 것 없는 조건이었지만 단순한 물속도 아니고 저 독기로 가득한 천지의 물속을 들어갈 자신은 없었다. 아니, 자신의 문제가 아니다. 눈도 뜰 수 없는 독수의 한가운

데에서 영암의 검은 몸체를 따라가는 것은 명백히 불가능의 영역이었다.

"그런데 옮겨주신다고 하셨는데 대체 어떤 방법으로 가는 겁니까?"

침울해진 장삼과 관일문을 놔두고 단사천은 현백기에게 질문을 건넸다. 주변을 둘러봐도 배 따위는 보이지도 않았고, 그 비슷한 무언가도 찾아볼 수 없었다. 대체 뭘 어떻게, 라는 의문이 들어도 이상할 것이 없었다.

'토끼를 용궁에 데려간 거북은 그냥 등에 태우고 갔다는데 설마 그런 일은 없을 테지만 어떤 방법으로……'

단사천이 특별한 주술이나 기물(奇物) 따위를 상상하는 동안, 현백기는 고개를 끄덕이며 입을 열었다.

"웅. 아, 그렇지. 그걸 말 안 했군."

현백기는 방법을 말로 설명하는 대신 직접 시범을 보였다.

"엇차!"

그리고 그 행동에 단사천은 아무 반응도 보일 수 없었다. 그저 멍하니 현백기가 올라선 곳을 바라볼 뿐이었다.

그럴 수밖에 없었다. 현백기는 수면까지 내려온 영암의 입 안으로 폴짝 뛰어 들어간 것이다. 아무렇지 않게 행해진 현백기의 행동에 단사천은 숨을 멈췄다.

"저, 왕야?"

"들어와라."

익숙하게 혀를 피해 자리를 잡고는 단사천을 향해 손짓하는 현백기에 모습을 바라보는 사람들은 아연한 얼굴을 했다.

현실은 그의 상상을 가볍게 뛰어넘고 있었다. 그것도 가장 최악인 방향으로.

"설마, 이 안에 들어가서……."

마지막까지 부정을 원하며 질문했지만 현백기는 아무렇지 않게 고개를 끄덕이며 옆자리를 팡팡 두드렸다.

"그래, 그거다. 어서 들어와라."

"저, 꼭 이런 방법을 써야만 합니까? 뭔가 다른 방법은……."

분명 사람 한 명에 작은 동물 한 마리 정도 들어갈 크기가 있으며, 한 쌍의 독니는 다시 들어갔고 혀도 움직이지 않는다고는 하지만 뱀, 그것도 소 한 마리를 가볍게 삼킬 수 있을 거대한 뱀의 아가리를 향해 아무렇지 않게 발을 들이밀 수 있을 리가 없었다.

"무슨 생각을 하는지는 알겠다만 그렇게 걱정하지 않아도 괜찮다. 아무 일도 없을 거다."

[무례한 것, 너의 상상은 불쾌하다. 비록 종이 뱀이라 하나, 내가 육식을 끊은 것은 삼백 년 전, 금식에 이른 것도 백 년

이 지났다. 걱정 말고 오르기나 해라, 어린 인간아. 만일 거절하겠다고 해도 나는 상관없다.]

그렇게 말한 영암은 천천히 입을 다물기 시작했다. 무심한 눈빛은 방금 한 말이 거짓이 아니라는 것을 여실히 드러내고 있었다.

차츰차츰 좁아지는 영암의 입을 보던 단사천은 무심코 뒤를 돌아봤다. 장삼과 관일문의 얼굴이 새파랗게 질린 것이 보였다. 말리고 싶은 모양새였지만 다른 방법이 없다는 것도 이해하고 있었기에 그들은 그저 아무 말 없이 고개를 떨어뜨렸다.

단사천도 그쯤 되면 포기하고 발을 옮길 수밖에 없었다. 새하얗게 질린 얼굴로 떨어지지 않는 발을 억지로 떼어내며 한 걸음씩 영암의 입에 가까워진다. 다가가면 다가설수록 영암이 벌린 입의 거대함이 뼈저리게 느껴졌다. 단사천은 마지막 한 걸음을 놔두고 멈췄다.

천천히 닫히는 영암의 입은 이제 더 망설일 시간이 없다는 것을 알리고 있었지만 그늘진 입속과 그 너머 식도의 새까만 어둠은 도저히 마지막 한 걸음을 뗄 수 없게 만들었다. 해야 한다는 걸 알면서도 어쩔 수 없는, 사람이라면 누구나 타고나는 본능적인 거부감이었다.

'후우, 해야 된다. 가야 된다. 할 수 있다. 자, 한 걸음이

면… 아니, 이건 역시 미친 짓…….'

내공까지 끌어 올려 정신을 안정시키지만 눈을 뜨면 노력이 무색하게 심중이 흔들린다. 반사적으로 뒷걸음질 치려던 단사천이었지만 그런 일을 없었다. 뒤로 움직일 수 없게 그의 등을 받치는 무언가가 있었다.

"어차피 해야 될 일이라면, 더 빼지 말고 다녀와라."

"사부… 으억!"

터엉!

무양자의 목소리가 들리고 바로 다음 순간, 붕 떠오른 단사천의 몸은 곧장 영암의 입속으로 처박혔다. 아연해하는 다른 사람들의 시선을 깔끔하게 무시한 채로 무양자는 영암을 올려다봤다. 영암의 눈은 수면과 평행을 이루고 있음에도 사람의 시선보다는 높은 곳에 있었다.

"제자를 잘 부탁하겠소."

무양자는 영암과 눈을 마주하며 포권을 취했다. 공손한 모습이었지만 뿜어내는 기세는 그렇지만도 않았다. 무양자를 중심으로 바람이 불듯 기세가 뿜어진다. 수백 자루의 명검이 늘어선 것 같은 날카로운 기도는 분명한 무력시위였다.

혹시라도 다른 생각을 한다면 결코 가만히 있지 않겠다는 무양자의 의도를 읽은 영암은 가볍게 코웃음 쳤다.

[홍, 나는 너희 인간과 달라 내뱉은 말은 반드시 지킨다. 여

의주의 무게에 짓눌려 죽는다면 모를까, 내가 손을 대는 일은 없을 것이다, 건방진 인간.]

말을 내뱉은 영암은 대답을 기다리지 않고 그대로 몸을 돌렸다.

三. 화정

말캉거리는 육벽(肉壁)과 축축하고 비릿한 공기를 더는 버티기 힘들 정도가 되었을 즈음, 영암은 영지에 도착했다. 정확히는 영지의 정화가 있는 수중 동굴 안쪽이었다.

[도착했다.]

영암의 목소리가 전신을 울리고 곧이어 입이 열리며 빛이 새어 들어왔다. 무겁게 흐르는 용암의 붉은빛이었다. 사방이 온통 붉게 물들어 있었다.

사방으로 흐르는 용암의 강이 만들어내는 붉은 광량(光量)에 비례하듯 맹렬한 열기가 전신을 덮쳐 왔다. 거대 공방

의 화로 앞에 선 것 같은 열기는 영암의 입속에서 옷에 스며
든 침을 순식간에 증발시켜 버렸다. 정신이 아득해질 정도의
열기에 단사천은 손을 들어 얼굴을 가렸다.

"끄응, 전에 왔을 때보다 더 덥군. 쪄 죽겠어."

[당연한 것을 말하는군. 휴식기와 활동기가 같을 리 없겠지.]

진이 빠진 목소리로 현백기가 말하고 심드렁한 목소리로
영암이 답했다. 영암이 천천히 제 몸을 물속에서 끄집어내는
사이 현백기는 익숙하다는 듯 여러 갈래로 나뉜 동굴 하나
를 골라 발을 옮겼다.

그 뒤를 따라 얼마간 걷자 곧 커다란 공동이 나타났다. 수
백 개의 석주와 석순이 천장과 바닥에 널려 있었고 공동 중
심에 위치한 용암 호수에서의 용암이 크게 부풀어 올라 터지
기를 반복하며 시뻘건 파편을 사방으로 뿌려대고 있었다.

별세계 같은 새하얀 석주군(石柱群)과 끓어 넘치는 용암의
놀라운 모습에 정신을 빼앗긴 사이, 영암이 느릿하게 공동으
로 들어섰다.

"바로 시작해도 괜찮을까? 아무래도 바빠서 말이야."

용암 분수를 피해 동굴 한쪽 벽에 붙어 있던 현백기는 영
암이 들어서는 것에 맞춰 영암에게 말을 걸었다. 잠시 멈춰
현백기를 바라보던 영암은 손 대신 혀를 내뻗으며 답했다.

[공연히 시간을 낭비할 필요는 없겠지. 넘겨라.]

"부탁하마."

영암이 내뻗은 혓바닥 위로 현백기는 꿈틀꿈틀 기이한 빛을 뿜어대는 파군의 내단을 올려놓았다. 사방에 가득한 영기에 반응해 몸부림치듯 더욱 요사스러운 빛을 발하는 그것을 잠시 바라보던 영암은 이내 몸을 움직였다.

츠츠츳.

매끈하게 깎인 동굴 바닥이 내는 소리와 함께 영암은 공동의 중심에 자리한 용암 구덩이를 틀어막듯 그 위에 똬리를 틀었다. 한 겹씩 영암의 거체가 말려들어 간다. 용암 호수 둘레에 제 몸을 쌓아 사방을 비추던 붉은빛과 열기를 묶어두는 모습. 유일하게 구멍이 뚫린 상부로 불꽃이 튀는 것이 새까만 흑요석으로 만든 용광로(鎔鑛爐)처럼 보였다.

그리고 그건 정답에 가까운 감상이었다.

공명이 일어났다. 영암의 육신으로 쌓은 용광로 안에서 화정의 열기가 자극받아 잠잠하던 표면을 크게 흔들었다. 격한 파문이 영암의 신체를 타고 공동 전체로 퍼져 나간다.

화아아악!

똬리의 상부, 자그마한 틈새로 새어 나오는 불꽃의 색이 순식간에 진해지고 있었다. 불꽃의 색이 진해짐에 따라 그렇지 않아도 더웠던 공기가 뜨겁게 작열했다.

저것만으로도 이미 주변의 용암은 비교도 되지 않을 정도의 열기가 응축되고 있음을 쉽게 상상할 수 있었지만 정작 그 열기를 온몸으로 받아내고 있는 영암의 눈동자에는 미동도 없었다. 전신에 휘감긴 엄청난 열기와는 반대로 차갑게 가라앉은 눈이었다.

한동안 불꽃을 노려보던 영암은 불꽃의 색이 점차 옅어지자 그제야 천천히 입을 열었다. 아주 작은 틈새로 파군의 내단이 굴러떨어졌다. 황흑색의 내단이 새하얗게 타오르는 불꽃 사이로 모습을 감추는 것과 함께 쇳덩이가 찢어지는 소리가 울려 퍼졌다. 고통에 울부짖는 짐승의 비명과도 같은 소리.

화르륵! 키긱! 끼기기긱!

소리에 맞춰 불길 높게 치솟았다. 비명 같은 쇳소리가 들려오면 그와 함께 불꽃이 춤춘다. 거대한 공동의 천장까지 치솟은 백염(白炎)은 천장에 난립한 석순(石筍) 몇 개를 순식간에 불태워 버렸다. 표면이 녹아 주룩 흘러내리는 광경까지도 보였다. 말도 나오지 않는 광경이었다.

불꽃은 규칙적으로 치솟았다가 꺼지기를 반복했다. 그러다 한 번씩 불컥불컥 주홍색 용암과 새까만 연기를 토해냈다.

피부가 익을 것 같은 열기에 파군의 내단은 점차 원형을 잃고 흐트러지고, 다시금 뭉쳤다가 이내 완전히 녹아내린다. 그 속에서 검은 연기의 형태로 마기와 악의가 새어 나왔다.

"좀 떨어지자."

현백기가 단사천의 옷자락을 잡아 뒤로 끌었다. 윤기 넘치던 새하얀 털이 축축하게 늘어져 있는 것이 눈에 띄었다. 단사천은 순순히 발을 옮겼다. 불똥이 사방으로 튀며 위험한 소리를 내고 있는 것이 계속 이 곳에 있기에는 아무래도 불안했다.

석주가 만들어내는 그늘에 앉은 현백기는 전력으로 기운을 끌어 올려 전신에 맺힌 땀을 얼려 버렸다. 얼어붙은 땀은 눈처럼 반짝였고 또 눈처럼 순식간에 녹아 사라졌다. 우악스러운 활용과 헛웃음 나오는 영기의 낭비였지만 현백기는 잠깐이라도 숨을 돌릴 수 있었다는 것에 만족한 듯 온몸을 흔들어 땀방울을 털어냈다.

"조금 낫구먼, 흐우우우……."

길게 숨을 내쉰 현백기는 석주에 기대어 열기를 떨쳐내려다가 돌까지도 뜨끈뜨끈한 것을 깨닫고는 혀를 짧게 찼다. 그러다 결국 포기하고 벽에 기대앉은 현백기는 단사천을 향해 입을 열었다.

"너는 좀 어떠냐? 화기가 가득한 곳이라 심장은 괜찮을지 몰라도 폐 쪽은 좀 힘들 텐데."

"그렇지 않아도 계속 내공 사용 중입니다."

공간 전체에 화기가 가득해 심장과 혈맥의 상태는 훨씬 나아졌지만 그 반대급부로 심장의 보조에 사용하던 내공까지 폐장을 보호하기 위해 사용하지 않고서는 호흡이 제대로 이어지질 않는 수준이었다.

내공을 끌어 올리지 않고서는 매 호흡마다 폐가 압박되는 것이 느껴질 정도였다. 답답한 수준이 아니라 묵직한 돌덩이가 폐장과 기도에 가득 들어차 호흡을 방해하는 것 같았다.

그래도 심장의 세찬 박동은 꽤나 기분 좋은 것이었다.

"그러냐? 그럼 한동안은 기운에 익숙해지는 데 집중해 둬라. 두 개의 기운을 한 번에 받아들이려면 힘들 테니까. 하나라도 익숙해져야지."

현백기가 공동 쪽을 되돌아보며 말을 이어갔다.

"어차피 시간이라면 많다. 지금 저놈이 하는 일은 짧은 시간에 끝낼 수 있는 일이 아니니까."

단사천은 고개를 끄덕였다. 말을 마친 현백기가 동굴의 어두운 곳으로 자리를 옮기는 동안 단사천은 그 자리에 앉아 진기를 일으켰다.

눈을 감고 운공에 들어간 단사천. 조용한 숨소리가 규칙적으로 울려 퍼졌다.

그 모습을 석주의 그늘에서 바라보던 현백기는 근심 어린 기색을 보일 뿐이었다.

\*　　　\*　　　\*

감숙, 섬서, 사천.

마천회의 대대적인 습격으로 초토화된 지역들이다.

청성, 화산, 종남, 아미, 공동에 당문.

이 세 곳 성에 자리한 거대문파만 해도 여섯이나 된다. 하나하나가 절정의 무공과 수백을 헤아리는 무인을 보유하며 천하에 이름 높은 고수도 몇 명이나 보유한, 수백 년의 전통과 권세를 자랑하는 명실상부한 명문들.

여기에 각 성에 적을 둔 중소문파를 모두 합친다면 무인들의 숫자는 수천에 이른다. 하지만 그럼에도 그들은 밀려드는 마인들의 침공을 막아내지 못했다.

마인들은 너무도 빠르고, 조직적이었다. 이전까지의 산발적인 학살과 광기로 가득한 진군과는 다르게 모든 것이 계획되어 있었고 통제되고 있었다.

마치 군대가 움직이듯, 체계적이고 조직화된 마인들은 정의감 넘치며 무모한 무림인들의 저항을 모조리 흩어버렸다.

마인들의 진군이 멈춘 적이 없었던 것은 아니었다. 수백 년의 전통을 지닌 거대문파의 저력은 그리 쉽게 허물어 버릴 수 있는 것이 아니었다.

제대로 된 체계와 실력이 출중한 무인들은 기본이고 거기에 혼자 전세를 뒤바꿀 수 있는 고수들까지도 그들은 보유하고 있었다. 싸움 도중에는 때때로 마천회의 공세를 막아내고, 역으로 공세를 가한 경우도 있었다.

그러나 마지막까지 그들의 발을 붙들어 멈춘 자들은 없었다.

겨우 세 달.

백 일밖에 되지 않는 시간 동안, 마천회는 세 개의 성을 집어삼켰다. 그들은 수백 년에 걸쳐 정파의 거두들이 만들어놓은 지배를 부숴 버리고 그 자리를 차지했다.

마천회의 기세는 꺾일 줄 몰랐다. 당연히 사람들은 그들이 이 기세를 몰아 다른 성까지 세를 넓히려 할 것이라 생각했지만 그들은 세 달간의 쾌진격이 환상이라도 되는 것처럼 그대로 멈췄다. 그렇다고 지배하에 들어온 땅에서 마인들다운 패악질을 벌이는 것도 아니었다.

그저 조용하게 각 성시를 다스리며 자신들의 세력을 다듬는 모습. 일체의 소란도 없는, 도저히 마인이라 볼 수 없는 냉정한 움직임이었다.


"당가의 영역 내 저항 분자들의 색출 작업은 막바지에 이르렀습니다. 남은 것은 당가타(唐家陀)에서 빠져나간 당가의 조무래기 몇뿐입니다."

"다른 곳도 마찬가지입니다. 청성산 일대의 청성파 속가문파들은 모두 봉문한 상황이며 본산에서 도망친 극소수를 제외하면 제압이 완료되었습니다."

혼천종주 진락을 중심으로 둘러앉은 마인들의 입에서 연이은 보고가 흘러나왔다. 그들이 맡은 지역은 사천. 구파 중 세 곳, 팔대가 중 한 곳, 총 네 개의 거대문파가 자리한 지역이었지만 그들은 이미 사천성 구석구석에 퍼져 혼천종의 지배를 확립해 나가고 있었다.

"아미는?"

"죄송합니다! 아미산에 남아 있던 아미파 비구니들의 처리는 끝났습니다만 금정 신니와 복호승 스물 정도가 호북으로 넘어갔습니다. 동부에 있던 아미파 속가제자들도 함께 호북으로 향한 것으로 보입니다."

입술을 깨물며 답한 중년인은 바닥에 머리를 거세게 찧었다. 쿵, 하고 대전 바닥이 울렸다.

혼천종주는 그 모습을 바라보다 느릿하게 입을 열었다.

"다른 곳에 비해 공격하는 것이 늦었다. 얼마간 놓칠 것은 예상한 바, 너무 자책할 것은 없다. 뒤처리에 실수만 없도록."

"예!"

시선을 거둔 혼천종주는 반대편으로 고개를 돌렸다. 머리카락과 눈썹이 새하얗게 센 노인이 있는 방향이었다. 대륙의 동쪽, 그것도 동북부, 북경과 북방 초원의 정보를 담당하는 노인은 혼천종주의 시선을 받자 얼굴을 경직시키며 식은땀을 흘렸다.

"동쪽에서 들어온 소식은 없나?"

"그것이……."

노인은 말끝을 흐렸다. 소식이 들어오기는 했으나 결코 좋은 소식이 아니었던 탓이다. 정확히 말하자면 좋지 않는 정도가 아니라, 상당히 나쁜 소식이었다.

"말하라."

입을 달싹이며 망설이던 노인은 난처한 얼굴로 입을 열었다.

"귀갑신마대가 궤멸적인 타격을 입고 귀환 중이라 합니다. 정확한 피해는 아직 보고가 들어온 것이 없습니다. 하지만 전서구의 발송자가 조장급인 것으로 보아 아무래도 대주 및 부대주는 모두 사망한 것으로 보입니다."

"뭐? 귀갑신마대가 궤멸? 뭐, 풍랑이라도 만나서 배가 좌초된 거냐? 그것도 아니면 또 혈교 놈들이 뒤통수라도 친거냐?"

옆에 있던 중년인이 두 눈을 동그랗게 뜨며 물었다.

"밀정이 파악한 바로는 혈교 쪽도 당황하고 있다더군. 장로한 명을 포함한 술자들과 강시가 전부 당했다고 들었으이."

노인의 대답에 중년인은 미간을 찡그리며 침음을 흘렸다. 다른 자들도 비슷했다. 그들이 생각하기에 동흥왕과 대적자의 일행을 처리하는 데는 귀갑신마대만으로도 충분하고 남는 것이었다. 검귀의 합류 이후, 혈교의 도움을 얻어 장로 하나에 강시 수십 구를 추가로 지원받았을 때는 과잉 전력이라고 생각했을 정도였다. 그러나 결과는 예상을 뒤엎고 있었다.

"정보가 잘못됐던 건?"

"아니, 그건 아니지. 신도 수천 명의 눈이 그들을 좇았다. 정보가 잘못됐을 가능성보다는 요동의 모용세가나 황실 정예들이 모인 북방군이 개입했을 가능성이 높지. 그렇지 않소?"

노인은 천천히 고개를 내저으며 어깨를 으쓱거렸다. 대답할 수 없는 까닭이었다. 노인은 두 중년인과 주변의 다른 사람들을 번갈아 보며 말했다.

"아직 정보가 확실하질 않네, 전령이 아직 오는 도중이기에 전서구로만 보고를 받은 터라 자세한 경과에 대해서는 나도 아직 알 수가 없었어."

시원스럽게 두 손을 들어 보인 노인은 한숨을 깊게 내쉬며 말을 이었다.

"두 사람의 말처럼 정보의 혼선이 있었을 수도 있고 요동 현지에서 다른 집단이 끼어들었을 수도 있다. 어쩌면 우리가 대적자들의 전력을 과소평가한 걸지도 모르고, 어쩌면 하나가 아니라 둘, 또는 전부일 수도 있지."

노인의 말에 이야기를 듣던 자들은 일제히 고개를 저었

다. 납득하지 못한 얼굴들이었다. 그중 단 한 사람, 광마만은 조용히 미소 짓고 있었다. 단지 그의 자리가 시선이 닿지 않는 구석이었기에 그의 얼굴에 떠오른 미소를 파악한 자는 없었다.

그들은 제각각 가능성 높은 이야기를 늘어놓으며 소란을 더했다. 그리고 혼천종주의 입이 열렸다.

"그만."

혼천종주의 한마디 말에 모든 이가 고개를 조아리며 대화를 멈췄다. 말과 함께 쏟아진 기세는 일체의 반론을 용납지 않았다. 인간 같지 않은 푸른빛이 서린 눈으로 좌중을 훑은 혼천종주는 최초로 발언했던 노인에게 시선을 보내며 입을 열었다.

"그 이야기는 추후 정보가 들어오면 다시 논의한다. 각주는 그동안 대적자와 검귀의 정보를 수집, 정리해 두도록."

"뜻을 받들겠습니다."

노인이 깊게 고개를 숙이며 명령을 받자 혼천종주는 사방을 둘러보며 범의 울음 같은 광량한 음성을 터뜨려 외쳤다.

"지금은 눈앞에 집중할 때다! 본교의 숙원과 지난 수백 년의 고난을 기억하라. 그까짓 작은 문제에 정신을 놓고 있을 시간이 없다. 지금 중요한 것은 혼천의 의지를 이 땅에 널리 퍼뜨릴 준비를 마치는 것, 대계에 미흡함이 없어야 할 것이다."

"천마하생(天魔下生)! 혼천당립(混天當立)!"

한 중년인을 시작으로 장내에 있던 모든 마인이 부복하며 외치기 시작했다. 곧 외침은 건물 바깥으로까지 퍼져 나갔다.

*　　　*　　　*

시간이 얼마나 지났을까.

단사천은 깊게 침잠했던 의식을 천천히 깨워 나갔다.

"으음……."

시간이 꽤 지나기는 했는지 눈을 뜨자마자 박혀 드는 빛에 짧게 신음이 흘렀다. 조금씩 눈을 빛에 적응시키며 주변을 둘러봤지만 햇빛도 들지 않는 동굴에서는 시간의 경과를 알 수 없었다. 눈을 감기 전과 달라진 것이 없는 동굴.

'아니, 조금 달라졌나?'

눈이 빛에 적응하고 나자 보이지 않던 것이 보였다. 약간이지만 동굴 전체에 가득하던 붉은빛의 광도(光度)가 줄어들어 있었다.

이전의 상태가 커다란 모닥불을 지펴놓은 것 같았다면, 지금 동굴의 상태는 그 모닥불의 빛을 얇은 종이로 가려놓은 것같이 좀 더 은은한 느낌이 있었다.

'달라진 게 맞아. 그사이에 화기의 농도가 줄었어.'

변한 것은 광도만이 아니었다. 후끈한 공기도 조금 가라앉아 있었다. 보통 사람은 체감하기 힘들 정도였지만, 체내의 영기 때문에 이런 것에 민감할 수밖에 없는 단사천은 그 차이를 여실히 느끼고 있었다. 화기가 어디로 사라졌는지는 고민할 필요도 없었다.

파군의 내단을 다시 정련해 내는 일이 그만큼 엄청난 일이라는 것을 다시금 깨달았다.

"정신을 차렸느냐?"

어둠 속에서 현백기의 목소리가 들렸다. 작게 하품하는 소리가 뒤를 이었다.

현백기는 느릿한 걸음걸이로 바위 그늘을 나와 단사천 옆에 섰다.

"적응은?"

"얼추 됐습니다. 한데 시간이 얼마나 지난 겁니까?"

"글쎄다. 정확한 시간은 모르겠지만 적어도 반나절은 그러고 있었을 거다. 어쩌면 좀 더 지났을지도 모르겠고."

"반나절이나요?"

현백기의 대답에 단사천은 기겁하며 외쳤다. 단사천의 목소리가 동굴 벽에 부딪혀 사방으로 울려 퍼졌다.

"약 먹을 시간을 두 번이나 거른 거 아닙니까!"

머리를 부여잡고 절규하던 단사천은 이내 정신을 차리곤 품에 넣어두었던 약들을 다급하게 꺼내 들었다. 단사천의 품에서 끊임없이 나오는 약병들을 보던 현백기는 고개를 절레절레 흔들었다.


천지 밑의 동굴에 들어서고 적어도 이틀은 지났을 즈음이었다. 거대한 동굴이 거칠게 떨렸다.

그그긍!

공동을 울리는 진동에 명상 중이던 단사천의 눈이 떠졌다. 공동에서부터 전해지는 소음과 진동에 옆에 누워 있던 현백기도 귀를 쫑긋거리며 몸을 일으켰다.

"드디어 끝난 모양이군."

길게 하품을 하며 기지개를 켠 현백기는 고개를 돌려 단사천을 돌아봤다.

영지에 들어서기 전에 비해 확연히 안정된 기도와 밝아진 혈색이 눈에 띄었다. 영기의 균형을 위해 화기의 흡수를 자제했다지만 매 호흡마다 섞여 들어오는 화기를 완전히 배제하는 것은 불가능했다.

미약한 양의 화기. 전신 대맥을 도도히 휘도는 수기에 비하면 보잘것없었지만 토기와 목기를 사이에 두고, 심장에 깃들어 불꽃을 피우는 데에는 충분한 양이었다. 그리고 그 양은 금기가 깃들지 않은 폐장의 활동에 지장을 주지 않는 최대한 선이기도 했다.

"할 수 있겠느냐?"

마지막 진기 한 줌까지 완전히 갈무리한 단사천이 몸을 일으켰다.

"잘 모르겠습니다만, 할 수 있고 없고의 문제가 아니라. 해야만 하는 일이 아닙니까?"

"그렇긴 하지."

현백기는 더 묻지 않고 공동을 향해 걸었다. 단사천도 바로 그 뒤를 따랐다.

공동에 들어선 둘을 반기는 것은 다른 곳과는 비교도 되지 않는 열기였다. 동굴의 모든 열기를 이곳에 모아두었나 싶을 정도로 차이가 나는 온도. 들이마시는 것만으로 기도가 타들어갈 것 같은 공기에 둘의 발이 멈췄다.

[이것을 보러왔느냐?]

영암은 공동 입구에 멈춰선 둘을 느낀 듯 천천히 고개를 돌리며 그렇게 말했다.

새까맣고 영롱했던 흑색의 비늘이 쇳물처럼 붉고 둔탁하게 빛나고 있는 모습. 그 위로 마치 갈기처럼 불길이 일었다. 한 번도 본 적은 없지만 화룡이란 저런 모습일 것이라고 생각할 수밖에 없는 초현실적인 광경이었다.

"그래, 끝난 거냐?"

단사천이 그 위용에 감탄하는 사이, 현백기는 얼굴을 한껏 찡그린 채 작게 답했다. 조금이라도 그 뜨거운 공기를 들이마시기 싫다는 몸짓이었다.

[아직 끝나지 않았다.]

갈라진 목소리로 힘겹게 말하는 영암은 용암 호수 중심에서 새하얀 구슬 하나를 조심스레 꺼내 들었다.

영암의 거체에 비하면 티끌이나 다름없는 크기의 구슬이었지만 용암 호수에서 벗어난 그 구슬의 존재감은 영암과 비교해도 결코 밀리지 않았다. 시린 백광(白光)을 흩뿌리며 존재감을 발하는 보주.

그 백광을 더럽히던 잡스러운 기운들과 악의가 모두 불타 없어진 순수한 금정(金淨)이었다.

웅웅웅!

거대한 힘이 담긴 울림은 납탑파군의 포효가 떠올랐다. 오금이 저릴 정도의 존재감. 그저 내단임이 믿겨지지 않는 모습이었다.

하지만 영암은 작게 고개를 저으며 입을 열었다.

[마지막 작업이 남았다. 너구리, 너도 도와라.]

"나도?"

[그래, 입구로 가 있도록 해라. 뒤따를 테니.]

전신에 불길을 휘감고 있는 영암이었다. 함께 움직일 수는 없는 노릇. 무슨 일을 해야 할지는 모르지만 현백기는 종종 걸음으로 그들이 동굴에 들어온 입구로 향했다.

이 수중 동굴에서 유일하게 물기가 존재하는 그곳은 그래도 다른 곳에 비하면 확실히 온도가 낮았다. 적어도 숨을 쉬는 것만으로 거북할 정도는 아니었다. 현백기와 단사천이 입구 한쪽에 자리하자 영암이 모습을 드러냈다.

불길을 몰고 온 영암에 의해 선선했던 공기가 곧장 뜨겁게 달아올랐다.

"그래서 난 뭘 하면 되는 거냐?"

[그 물에 얼지 않을 정도로만 영기를 풀면 된다.]

"뭐? 이 상황에서 이 물을 차갑게 식히라고? 얼마나 어려운 일인지 알고 하는 말이냐?"

[이틀하고 반나절을 화정(火井) 위에서 버티는 것도 쉬운 일은 아니지.]

영암의 심드렁한 대꾸에 현백기는 못마땅하게 혀를 찼다. 투덜거리며 물가에 다가간 현백기는 앞발을 물에 담그고 영기를 끌어 올렸다. 현백기의 작은 몸을 중심으로 태산의 영기가 풀려 나오자 물 위로 새하얗게 얼음이 끼기 시작했다. 그에 비례해 투덜거림이 늘어나고 있었지만 영암이나 단사천

모두 신경 쓰지는 않았다.

[그만하면 됐다.]

영암이 현백기를 멈춘 것은 결코 작지 않은 동굴 입구의 물이 얇은 얼음으로 뒤덮일 즈음이었다.

"푸흐으으……."

거칠게 숨을 내뱉은 현백기가 뒤로 빠지자 영암이 재빨리 고개를 들이밀었다. 놔두면 촌각도 지나지 않아 태산의 영기가 모두 흩어져 버릴 터.

영암은 파군의 내단을 망설임 없이 물속에 담갔다.

치이이익!

엄청난 소음과 함께 수증기가 폭발했다. 순식간에 동굴이 가득 찰 정도의 수증기. 한치 앞도 보이지 않는 짙은 하얀 수증기의 벽이 나타났다.

정말로 한순간이었기에 눈으로는 보고 있어도 대처할 틈이 없었다. 단사천은 무심코 뒷걸음질 치다 등이 벽에 닿고 나서야 당황을 가라앉힐 수 있었다.

'일단은 움직이지 않는다.'

등 뒤가 벽이었기에 망정이지 혹시나 뒷걸음질 치던 곳에 용암이 있었다면 위험할 뻔한 상황이었다.

소음은 그리 오래지 않아 멈췄지만 수증기는 한동안 사라지지 않았다. 혹시나 싶어 주변을 둘러봤지만 털가죽이 새하얀 현백기는 아예 보이지도 않았고 영암의 거체도 희끄무레하게 겨우 형체만 볼 수 있었다.

기감도 말썽이었다. 수증기에 포함된 짙은 영기에 두 영물의 기척이 제대로 잡히질 않았다. 천상 가만히 앉아 상황이 정리될 때까지 기다려야 하는 상황이었다.

일다경 정도의 시간이 지나자 점차 수증기가 옅어졌다. 현백기와 영암의 모습도 슬슬 제대로 보이기 시작했다.

"그럼 이게 끝이냐?"

수증기가 거의 가신 상황에서 현백기가 입을 열었다. 수면을 노려보던 영암은 대답 대신 물속에 잠겨 있던 그것을 꺼내 보였다.

화정에서 갓 꺼냈을 때의 백열(白熱)하던 구슬은 흑색의 줄무늬가 새하얀 몸체를 가로지르는, 범의 가죽을 떠올리게 하는 모양새로 변해 있었다.

[그래, 이걸로 끝이다.]

수증기가 걷히고 드러난 영암의 몰골은 말이 아니었다.

붉게 빛나던 몸체는 어느새 식어 있었는데 잘 관리된 철검처럼 빛나던 비늘이 숯덩이처럼 칙칙하게 변해 있었고 두 눈에는 피로감이 가득했다. 파군의 내단을 다시금 정련해 내는 일, 그것은 영암에게도 굉장한 부담이었음을 보여주고 있었다.

[받아라.]

영암이 단사천에게 파군의 내단을 던졌다.

양손으로 조심스레 그것을 받아 드니 커다란 철구라도 받는 것 같은 묵직함이 온기와 함께 손바닥을 통해 전해졌다.

"고생했다."

현백기의 지친 목소리에 영암은 작게 숨을 내쉬며 말했다.

[흐으으… 뒤는 마음대로 해라. 나는 좀 쉬어야겠다.]

그대로 몸을 돌려 느릿하게 동굴 안으로 들어가는 영암에게 단사천은 깊게 고개를 숙였다.

"감사합니다. 이 은(恩) 잊지 않겠습니다!"

[은혜? 웃기는 소리. 그것은 너를 위한 것이 아니다. 파군에 대한 내 나름의 예의일 뿐이다.]

"그냥 알겠다, 하면 되는 것을, 쯧쯧."

[시끄럽다, 너구리.]

고개도 돌리지 않고 짧게 대꾸한 영암은 잠시 멈춰 서서는 슬쩍 고개를 돌렸다.

[굳이 무언가 해야겠다면 네놈의 여의주(如意珠)를 완성시키면 그만이야. 나의 수련은 아직이지만, 하나의 천품(天品)에 한몫 거들었다면 다른 것들에게도 자랑할 거리가 될 테지.]

퉁명스러운 말이었지만 설핏 웃음기가 깃든 것 같은 든든한 말이었다.

단사천은 말없이 고개를 더욱 깊이 숙였다.

영암의 거체가 동굴의 너머로 사라지고 나서야 고개를 든 단사천은 손에 들린 파군의 내단을 내려 보았다.

황흑으로 물들어 있을 때에 비하면 절반에 가깝게 줄어든 상태였으나, 오히려 그 무게만큼은 더욱 무거워진 것 같았다. 순수한 금기의 결정이 맥동하는 것을 느끼며 단사천은 고개를 들었다.

마지막 조각의 완성.

이제는 모든 조각을 맞출 때다.

웅웅!

파군의 내단이 맑은 울림을 토해내는 것을 느끼며 단사천은 입술을 굳게 다물고 용암 호수, 화정이 있는 방향으로 발을 옮겼다.


이 영지의 중심인 화정은 그 이름 그대로 불을 담은 우물이었다. 수원 대신, 장백산 지저의 용암을 화원(火原)으로 하는 우물.

그 앞에 서 있노라면 살이 익을 것 같은 열기와 함께 위험한 매력을 느낄 수 있었다. 높은 절벽에서 밑을 내려다볼 때와 같은 무의식적인 자기 파괴 충동. 뭇 군중을 이 자리에 세워놓는다면 저 넘실거리는 불길을 손에 넣고 싶다고 생각하는 자가 분명히 생겨날 터였다.

다만 근 몇백 년 사이, 유일하게 화정을 눈에 담고 있는 사람인 단사천은 아무 생각이 없었다.

하고 있는 유일한 생각이라면…….

'불똥이 튀진 않겠지? 물 상태가 저래서 화상이라도 입으면 응급처치도 힘든데.'

이제부터 목숨을 걸고 여의주를 만들어야 하는 상황에서 하기에는 조금 많이 태평한 생각이었지만 단사천은 그런 생각을 멈추지 않았다.

죽을 각오 따위는 하지 않는다. 바라는 것은 무병장수, 질실강건뿐. 여의주의 연련이 아무리 어렵고 고된 것이라 하여도 저 여덟 글자의 삶을 살기 위해서는 그 뒤를 생각하지 않을 수 없었다.

조심조심 화정의 가장자리에 자리한 단사천은 영암의 거체가 지나간 흔적에 앉아 파군의 내단을 꺼냈다.

화정의 화기에 반응이라도 하듯, 거칠게 울음을 토해내는 내단. 화기와 금기가 공명하자 체내에 잠들어 있던 세 기운도 잠에서 깨 고개를 치켜들었다. 내단처럼 뭉쳐 있던 덩어리들이 천천히 그 타래를 풀어놓는다. 극히 일부만이 그렇게 풀려나왔지만, 혈맥을 따라 흐르는 영기의 흐름은 두 배 이상 커져 있었다.

남은 것들마저 모두 풀려 나온다면, 그리고 거기에 저것들과 맞먹는 금기와 화기까지 추가된다면.

일개 인간의 육신으로는 감당할 수 있을 리 없을 터.

꿀꺽.

영기의 흐름을 버티지 못한 전신 경락이 어떻게 될지 상상하자 목울대가 크게 울렸다.

"이제야 좀 실감이 나는 거냐?"

굳어 있던 단사천의 등에 찰싹하고 작은 충격이 달렸다.

"여의주가 어떤 물건인지, 그걸 만들기 위해서 넘어야 되는 산이 얼마나 높고 험한지 이제 좀 알겠느냐?"

현백기는 멍청히 굳어 있는 단사천을 보며, 처음 단사천과 만난 날을 떠올렸다.

여의주를 만드는 것이 한없이 낮은 가능성에 목숨을 걸어야 하는 일이라고 말하던 현백기에게 무병장수를 위해서라면 어떤 고난도 넘어보겠다던 단사천의 모습이 떠올라 이빨을 드러내며 씨익 웃었다.

"그래도 이미 늦었다."

듣지 않아도 잘 알고 있는 이야기였다. 영기가 깃든 신체가 어떻게 변하는지, 그리고 영기가 얼마나 인체와 어울리지 않는 것인지를 단사천은 누구보다 잘 알고 있었다. 그렇다 해도 결정에 후회하지는 않는다.

"알고 있습니다."

단사천은 화정과 내단에 향했던 시선을 거두고 고개를 들어 올렸다. 천장에 가로막혀 보이지 않는 하늘을 향해 시선을 보내다 천천히 숨을 내뱉고는 정면을 응시했다. 긴장한 기색은 여전했지만 적어도 더 이상 딱딱하게 굳어 있지는 않았다.

"알고 있으면 됐다."

푹신한 꼬리로 단사천의 머리를 몇 번 두드린 현백기는 등에서 뛰어내려 거리를 벌렸다. 혹시라도 자신이 가진 기운에 의해서 무언가 영향을 미칠 것을 염려한 행동이었다. 공동 입구 즈음까지 거리를 벌리고 나서야 멈춰선 현백기는 그곳에 자리 잡고 앉았다. 단사천의 모습은 보이지만 기운의 영향이 닿지 않는 정도의 거리였다.

"후."

짧게 숨을 내쉰 단사천은 자세를 바로 하고 눈을 감았다. 긴장하여 경색된 마음이 가라앉을 때까지 호흡을 조절하고 명상을 하던 단사천은 천천히 진기를 끌어내 주천을 시작했다. 시작은 외기(外氣)인 영기가 아니라 내기(內氣)이자 자신이 익힌 모든 것의 기본인 호체보신결이었다.

진기를 도인하고 단전을 깨워 나간다. 물질로 존재하지 않을 무형의 장기(臟器)인 단전을 마음속으로 그려낸다. 손에 잡힐 듯 모든 것을 그려냈다면 다음은 전신 경락이다.

삼백육십일 개의 혈 자리를 모두 되짚어 나간다. 내공심법을 배우고 나서, 십 년 동안 하루도 빠지지 않고 반복해 온 익숙한 기의 행로였지만 그 어느 때 이상으로 주의를 기울이고 집중에 집중을 더한다.

한 번의 대주천을 마치고 단전으로 되돌아온 진기의 첫 목적지는 비위(脾胃)였다.

그가 처음으로 접한 영기이자 여의주의 시작이 되는 토기(土氣)가 깃든 장기였다. 단전과 마찬가지로 비장과 위장을 천천히 깨워 나간다. 평상시라면 이 거대한 영기의 덩어리를 어찌할 엄두도 낼 수 없었을 테지만 상생상극을 거듭하며 조금씩 깨어나는 지금이라면 가능했다.

뭉쳐 있는 기운을 자극하고 겉을 따라 진기를 돌리며 표면을 깎아낸다. 석공이 석상을 조각하듯, 세밀하고 또 조심스럽게 진기를 운용한다. 결코 서두르지 않고 조급해하지 않으며, 무심으로 토기의 결을 쪼개어간다.

그렇게 깎아낸 토기는 경락에 흘려보낸다. 이렇게 떨어져 나간 토기는 신체 곳곳에 쌓여 튼튼한 지반이 되리라. 이후 작업의 기반이 되기에 결코 허투루 할 수 없는 작업이었다. 토기의 괴(塊)를 흩어내 전신에 고루 뿌리기까지는 상당한 시간이 걸렸다.

그다음으로는 신장(腎臟)의 수기(水氣)를 깨운다. 본디 수기라면 수원(水原)에 기반 할지언정 멈추는 일 없이 순환해야 했지만 그렇게 흐르는 것은 일부분이었고 대부분은 얼음처럼 굳어 있었다. 그것을 공기 중에 가득한 화기의 힘을 빌려 조금씩 녹여낸다. 이 역시 한두 시진으로는 끝낼 수 없는 일이었다.

이미 단사천의 전신은 땀으로 축축하게 젖어 있었다. 스스로의 한계에 몇 번이나 도전하는 극한의 집중 상태를 유지하는 탓이었다.

마지막으로 간담(肝膽)의 목기(木氣)를 끄집어냈다. 간과 담에서 뻗어 나오는 목기는 간담을 중심으로 뿌리를 뻗듯 사방으로 뻗어 나갔다. 토기가 다 덮지 못한 혈맥에 닿아 손상을 치유하고 탁기를 제거한다.

시간의 경과는 옛적에 잊어버린 상태. 그저 긴 시간이 지났음을 막연히 인식할 뿐이었다.

"후우우······."

단사천은 깊게 숨을 내쉬며 극도로 당겨졌던 긴장의 끈을 잠시 풀었다. 마냥 당기다가는 언젠가 끊어지게 마련. 체내의 기운들은 일단 준비를 끝냈으니 잠시 숨을 돌릴 여유는 충분했다.

마음 같아서는 심신의 안정을 위해 챙겨온 환약이라도 입에 털어 넣고 싶었지만 그랬다가는 기껏 공들여 다듬어놓은 기운의 미묘한 조화가 무너질 가능성이 있었기에 가만히 명상이나 이어갈 뿐이었다.

명상을 한다고는 해도, 가부좌를 튼 상태 그대로 신체 내부를 관조하며 영기의 움직임에 주의를 기울이는 상태였다. 그렇게 일다경. 피폐해진 정신에 조금이나마 힘이 돌아온 것을 확인한 단사천은 느슨해진 정신의 끈을 다시 팽팽하게 잡아당겼다.

이제부터는 한층 더 어려워진 작업이 그를 기다리고 있었다.

'일단은 화기를 먼저.'

남은 두 기운 중 먼저 손을 쓴 것은 화기다. 치우쳐진 음양의 균형을 맞추기 위해서이기도 했고 그나마 익숙한 쪽이기도 하다는 이유였다.

결정을 내린 단사천은 호흡을 깊게 끌어당겼다. 폐에 가득 차오르는 화기는 곧장 제가 가야 할 곳을 찾아갔다. 심장(心臟)을 향해 기운차게 뻗어가는 화기.

두근! 두근!

호흡이 이어지면 이어질수록 심장박동이 점점 더 크고 거칠어졌다. 순환의 중심이 되는 심장이 힘을 더하면 당연히 혈류의 흐름에도 가속이 붙는다. 더 강하게, 더 빠르게.

사지백해로 뿜어져 나가는 혈액에 실려 화기가 전신으로 퍼져 나갔다. 차오르는 열기에 단사천의 피부도 붉게 달아올랐다. 보이지 않지만 눈이 충혈되고 코 안쪽의 모세혈관들도 한계에 이르고 있었다. 그러나 그도 잠시 이에 대항해 수기가 더욱 빠르게 대맥을 휘돌자 언제 그랬냐는 듯 뜨거운 혈기가 가라앉는다.

변화는 화기와 수기에만 국한되지 않는다. 하나가 변하면 서로 균형과 조화를 이루던 나머지도 변한다.

토기는 더욱 단단히 굳는다. 수기의 흐름에 휩쓸려 가지 않도록. 그러면 목기는 단단해진 지반에 더욱 깊게 뿌리를 뻗는다. 점차 거대해져 가는 영기의 충돌은 단사천의 신체에 크고 작은 상처를 만들어냈다.

세맥이 파열하거나, 경락이 손상되고 혈맥이 막힌다. 그러나 영기의 흐름은 겨우 그런 것으로 막히지 않는다.

찢겨 나간 세맥에 비집고 들어가, 손상된 경락을 무시하고 지나친다. 막혀 버린 혈맥 따위 뚫어 부순다. 한순간도 쉬지 않고 사지에 충격과 상처가 쌓인다. 특히나 영기가 자리하지 못한 폐장은 다른 곳 이상으로 압박이 가해졌다. 보신결의 진기 절반 이상이 그에 쏟아지고 있을 정도로.

그래도 참고 버티는 수밖에 없다. 다음 단계로 나아가기 위해 화기의 크기가 다른 영기에 비견될 정도가 될 때까지는 그저 보신결의 진기로 어떻게든 상처를 막고 손상된 곳을 이어가는 수밖에.

두근! 두근!

다행히 화기의 덩치는 순식간에 불어났다. 화기로 가득한 공간, 화정의 바로 앞에 앉은 효과가 있었다. 매 호흡마다 눈에 띄게 쌓여 세를 키우는 화기, 그에 맞춰 점차 거세지는 심장박동을 확인한 단사천은 다음 단계로 주의를 돌렸다.

'크윽, 이제 금기(金氣)!'

고통을 견디며 의식을 파군의 내단에 집중했다. 의지를 담은 진기가 내단에 닿자 단사천은 일순간 포효하는 대호의 환영을 보았다.

황금빛 털과 새까만 흑철의 줄무늬. 몸집은 작은 초가만 했고 포효를 토해내는 이빨은 창칼이 솟난 이빨이 훤히 보이는 모습. 아마도 이것이 납탑파군이라는 등천을 앞둔 위대한 영물의 진신(眞身)이리라.

실체조차 지니지 못한 환영임에도 그 위압감에 정신이 아득해진다. 이대로 다 놓아버리고만 싶었다. 하지만 여기서 정신을 차리지 못한다면 정말로 죽는다. 전부 끝인 것이다.

이를 악 물고 아득하게 날아갈 뻔한 정신을 부여잡는다.

버텨내야 한다. 결국 실패할지도 모르지만 그래도, 어떻게든 이대로 끝낼 수는 없었다.

"……!!"

단사천은 진기에 의지를 더했다.

풀어내라! 내놓아라!

쿵! 쿵! 쿠웅!

진기가 강철의 성벽을 두드린다. 영지의 영기와는 다르게 하나의 의지에 묶여 있는 기운은 쉽사리 문을 열어주지 않았다. 비록 그 주인이 이제 세상에 없다고 해도 영기는 영험한 기운이라는 이름에 걸맞게 살아 있는 것처럼 반응했다.

'한 번으로 안 되면, 열 번! 백 번! 될 때까지 계속한다!'

쿵! 쿵!

파군의 내단이 그 문을 연 것은 통증의 격랑 속에서 의식이 죽을 듯 죽을 듯 쓰러지기 직전의 일이었다.

한 번 문이 열리자 금기는 제자리를 향해 쏟아져 들어왔다.

우우웅!

거친 울림을 토해내며 언제 그렇게 단단히 굳어 있었냐는 듯, 거침없이 흘러 들어온다.

눈에 보이지는 않지만 마치 빛줄기 같은 새하얀 금기는 폐장(肺腸)을 향하여 우직하게 다른 영기들을 헤치고 전진했다.

단숨에 폐를 가득 채운 금기는 곧바로 다른 영기들과 힘싸움을 시작했다. 폐장에도 영기가 깃들자 호흡도 한결 수월

해졌다. 더욱 깊고 바르게 호흡을 이어나간다. 진기를 북돋고 영기의 충돌로 상하는 전신을 끊임없이 수복했다.

다섯 기운이 모두 모였다고 하지만 당장 여의주가 만들어지는 것은 아니었다. 상생이지만 동시에 상극인 기운들이었다. 간단히 융화될 리가 없었다.

단사천의 전신, 사지백해 어느 한 곳도 영기의 충돌이 일어나지 않는 곳이 없었다. 그리고 영기의 위력을 생각해 본다면 오행기가 균형을 이루고 하나가 되는 것보다 단사천이 죽는 게 빠를 것이다.

'후, 후우우……'

호체보신결은 신체의 안정과 치유에 그 목적이 맞춰진 기공이지만 영기의 충돌에 대항할 수는 없다. 아무리 영약을 밥과 물 대신 먹고 마셔왔다고 해도 전부 흡수한 것도 아니었다. 육신의 한계, 시간의 한계가 분명히 존재했다.

호체보신결의 요결만으로는 제어할 수 없다는 것을 알게 된 단사천은 자신의 육신에 내재된 온갖 힘을 끌어 올려 영기에 대항했다.

우선 무광검기. 평상시라면 급할 때를 제외하고는 가벼운 소주천도 하지 않을 기운이지만 사용할 수밖에 없었다. 영기의 충돌로 생기는 잔해. 비록 또 다른 충돌로 얼마 가지 않아 사라지지만, 그 잠깐 사이에도 진기의 흐름이 막힌다. 상처의 치료나 손상의 수복이 늦어진다.

그렇기에 무광검기였다. 막아서는 잔해를 거침없이 뚫어 길을 만들 수 있는 유일한 내공심법이었다. 그다음은 호체보신결의 요결을 통해 신체의 치유력을 극대화하고 충격을 고르게 분산시키면, 어쩌면!

웅웅!

두근!

희망을 짓밟듯 그럴 리는 없지만, 그렇게 생각하기를 기다리고 있기라도 했던 것처럼 영기의 압박이 또 한 번 강해졌다. 세맥은 이미 예전에 뭉개졌고 이젠 대맥에 이르는 영기의 압력에 소름이 끼쳤다.

단사천은 보신결의 진기를 모두 집중시켜 진기가 흐를 대맥과 요혈만이라도 유지시켜 보려 했지만, 영기는 멈추지 않고, 오히려 더욱 강해져 그를 괴롭혔다. 더는 따로 사용할 방법이 있는 것도 아니었다.

차근차근 신체가 파괴되어 간다. 그러면서도 주요 장기는 영기에 의한 보호가 계속되기에 죽음에 가까워지는 속도는 한없이 느렸다. 고통만이 더해져 이제는 다른 감각은 느껴지지도 않는 상황. 단사천은 포기하지 않고 어떻게든 신체를 유지하려 버텼지만 진전은 없었다.

힘의 균형은 이뤄졌지만 조화는 없다. 제각각 독주를 위해 날뛰는 오행기들을 중재하며 사이를 엮어내기엔 단사천이 지닌 본신의 내공이 너무도 미약했다.

사실 단사천의 내공 수위는 천하 어디에 내놓아도 밀릴 것이 없는 수준이다. 그간 먹어온 영약의 잔뿌리 같은 것만 고아 먹어도 고수라 소리칠 수 있을 정도. 하지만 이번에는 비교 대상이 너무 심각했다. 대자연 그 자체인 거력(巨力).

'부족해!'

결국 파국으로 이어지는 길을 막을 수는 없었다.

무의미한 발버둥에 회의를 가지기 시작한 그때, 단사천은 기의 격류 속에서 마치 바위처럼 제자리를 잡고 있는 기운들을 찾아냈다. 아니, 바위라기보다는 강 밑바닥에 가라앉아 있는 조약돌 무더기에 가까웠지만 어쨌거나 상황을 변화시킬 수 있을지도 모를 것들이었다.

'…이건? 잠깐만.'

단사천은 영기의 반발에서 오는 고통조차 잊고 자신의 내부 상황에 집중했다. 다섯 개의 영기와 단사천 자신이 다루고 있는 무광검기, 보신결까지 무수한 기운이 격류하며 충돌하고 있었지만, 그 어느 때보다 날카롭게 벼려진 기감은 그것을 찾아내었다.

영약, 아니, 영약들의 기운. 영기가 체내에 들어서기 전까지는 매 연공마다 느낀 바가 있는 기운이었다. 채 소화하지 못해 잠력(潛力)으로 남겨두어야 했던 영약의 잔재들.

영기가 체내에 들어서며 잔재들을 모아 손댈 수 없는 상태로 만들어 버린 당시를 잊으려야 잊을 수가 없다. 그런데 지금 그것이, 영기가 충돌하며 싸우는 순간 새삼스럽게 반응하며 주박에서 풀려나고 있었던 것이다.

저것 또한 영기에 비한다면 여전히 작다고 말할 크기. 하지만 저것들을 소화해 낼 수 있다면 부족하나마 영기 사이에 끼어들 수 있는 힘이 될 수 있었다.

'그렇다면……!'

단사천은 이를 악물며 남은 모든 진기를 긁어모았다. 상처의 회복과 유지에 사용되던 것들도 모두 그러모은다. 신체의 붕괴 속도는 가일층 빨라졌지만 어차피 이판사판이었다. 진기가 향하는 것은 잠들어 있는 영약의 기운들에게로다.

저것들을 의지하에 온전한 내공으로 녹여내지 못한다면 어차피 파국은 시간문제였다. 영기 사이의 균형이 깨지든 아니면 단사천, 자신의 신체가 붕괴하든 둘 중 무엇이라도 목숨은 건질 수 없었다.

'어디 한번 해보자고!'

할 수 있는 모든 일을 한다.

남은 영약의 기운을 모두 흡수하고 나서도 영기의 반발을 억누르지 못한다면 그때 가서는 기꺼이 죽음을 맞으리라!

'아니, 역시 그건 좀 아닌데.'

의지가 잠시 약해지긴 했지만 결국 기호지세!

여기까지 와서 멈춰서는 것은 있을 수 없는 일이었다.

四 . 천심단

현백기는 거리를 두고 단사천을 살피다 고개를 저었다. 자신이 지닌 영기가 단사천에게 영향을 미치지 않도록 충분한 거리를 둔 상태였지만 단사천의 상태 정도는 눈에 보일 듯 알 수 있었다.

저만한 영기의 유동이다. 파악하지 못한다면 영물로서 자격이 없는 것이었다.

'…실패인가.'

소리 없는 침음을 흘리곤 현백기는 다시 단사천에게로 시선을 향했다. 그로서도 자신이 없는 영기의 격류 한가운데에서 여전히 버티고 있는 모습. 아니, 자신만이 아니라 저 영암이나 다른 영물들을 저 자리에 데려다 놓는다 하여도 저만큼이나 선전할 수 있으리라 생각할 수 없었다.

실제로 영암은 한번 등천을 위해 여의주 연단에 들어갔다가 백여 성상의 적공(積功)을 허공에 날려 버린 실례가 있었다.

현백기는 단사천이 저만큼이나 버티고 있다는 것에 감탄하고 있었지만 역시나 한계에 이르렀음을 깨달았다.

억누르지도 못하고, 반발을 무마하지도 못했다. 남은 것은 파국이다.

영암의 굴강한 신체처럼 종(種)은 물론 생명의 한계까지 초월한 육신이라면 몰라도 단사천의 신체로는 균형의 붕괴와 함께 닥쳐올 거대한 파괴에 견뎌낼 수 있을 리 없었다.

'시체 정도는 건질 수 있으면 좋겠는데……'

기는 무형이다. 하지만 무력하지는 않다. 인간 개인의 내공으로도 피를 토하고, 내장을 곤죽으로 만드는 정도는 가능하다. 그것이 영기가 된다면 유형화(有形化)할 정도로 짙은 영기라면 인체 정도는 가볍게 가루로 만들어 버릴 수도 있었다.

상황이 허락하지 않는다면 시체조차 건질 수 없을지도 몰랐다.

"후우우."

길게 한숨을 내쉰 현백기는 고개를 돌렸다. 단사천이 여의주 연단에 들어가고 꼬박 이틀이 지났다. 동굴 안에 있기는 하지만 음기와 양기가 차고 비우는 것으로 날짜가 변하는 것 정도는 알 수 있었다.

그리고 현백기는 그 이틀간 잠도 자지 않고 단사천을 주시하고 있었다. 화기로 가득한 영지에 한번 크게 힘을 쓰기도 했던 터라, 피로가 상당히 쌓인 상태. 더 버티기 힘들 것 같다고 생각한 현백기는 쪽잠이라도 청하려 했다.

고개를 돌리고 발을 떼자마자 느껴진 변화가 없었다면.

"음?!"

한층 거대하게 부풀어 오른 영기의 압력에 현백기는 곧장 몸을 돌렸다.

이미 존재하는 영기만으로도 감당이 안 될 정도였는데 그 몇 배나 불어난 영기의 존재감에 현백기는 안색을 바꿨다.

저도 모르게 가까이 다가서려던 현백기는 가까이 가서는 안 되는 이유를 겨우 떠올리고 공동 입구의 문턱에서 발을 멈췄다.

눈을 가늘게 뜨고 단사천을 노려본다. 그럴 필요도 없이 이미 모든 것은 눈에 들어오고 있었지만 상황의 파악을 위해 더 자세히 살피기 위함이었다.

'뭐지? 왜 갑자기 더 커진 거지?'

후각이고 시각이고 오감에 기감을 동원해도 알 수 없는 것은 알 수 없는 것이었다. 바깥에서 알 수 있는 부분은 어디까지 거칠게 날뛰는 영기들 정도. 단사천의 체내에서, 그것도 깊은 곳에서 이뤄지는 기의 순환 따위는 현백기로서도 알 도리가 없었다.

[이 상황은 대체 뭐냐? 너구리.]

영암의 목소리에 현백기의 고개가 돌아갔다. 영암도 눈을 당혹이 뒤섞인 상태로 단사천을 주시하고 있었다.

"모른다. 오히려 여의주라면 네놈 쪽이 더 잘 아는 거 아니냐?"

[나와는 다르다. 나는 남방적룡, 광리왕(廣利王)의 좌를 염두에 둔 적공이었고, 연단이었다. 하지만 저 인간은 다르지 않나?]

여의주를 만들지만 용이 되려는 것도 등천을 위함도 아니다. 어디까지나 생존의 영역. 거기에 화기를 다루는 적룡이 되려던 영암이 화기를 중심으로 다른 기운을 조화시키는 것과는 달리 어느 것 하나 특출 나 주도할 수 없는 단사천, 상황이 달라도 너무나 달랐다.

"……"

상황을 이해한 현백기는 대답을 요구하는 대신 시선을 단사천에게로 돌렸다.

눈에 보일 정도로 짙게 요동치는 영기의 격류, 그리고 그 속에 앉은 단사천의 모습이 현백기의 눈에 박혀 들었다.

현백기와 영암의 진한 시선이 향하고 있었지만 단사천은 남의 시선 따위는 신경 쓸 여력이 없었다. 그저 자신과 영기에 집중했다.

'할 수 있다. 할 수 있어……!'

영기가 싸우는 사이에 영약의 기운을 조금씩 뜯어내 소화해 낸다. 최소한의 내공으로 신체의 주요 혈맥만을 유지한 채 나머지는 오직 기운을 소화해 크기를 불리는 것에 전념한다.

사용하는 것은 무광검기다. 필요한 것은 속도였고 힘이다. 보신결은 안정적이지만 한시가 급할 때 사용할 수 있는 수단이 아니다. 저 영기의 싸움에 끼어들기 위해서는 그만큼의 힘과 폭발력도 필요했다.

콰아아!

무광검기는 과연 영약의 기운을 빠르게 먹어치워 몸집을 불리기 시작했다.

"크으으으!"

무광검기가 영약의 기운을 흡수하는 가운데 영기의 충돌로 발생한 충격은 거칠게 날뛰며 단사천의 육신을 깨버리기 위해 날뛰었다.

영약의 기운이 순조로이 녹아 흡수되고 있기는 했지만 아직 영기에 빗대기엔 모자랐다. 다섯 영기는 기어이 자신들이 깃들지 않은 육신을 곤죽으로 만들어 버리기 시작했다.

입술을 뚫고 침음이 핏물에 섞여 흘러나왔다. 입가만이 아니라 눈과 귀, 코는 물론이고 혈과 가까운 곳은 피부까지 찢어지며 피가 샘솟고 있었다. 근골이 글자 그대로 찢어지고 구부러지며 섬뜩할 정도의 통증을 쳐올렸다.

정신이 아득해지는 격통 속에서 영약의 소화와 신체의 유지하는 한편으로 영기 반발의 여파 해소까지 몰두해야 하니 머리에서 김이라도 날 것 같았지만 어떻게든 참는다. 참고 버텨낸다!

피부와 혈관, 신경, 근육에 뼈까지 전신 어느 한 곳 빈틈없이 들어찬 영기와의 사투를 벌이면서도 기운을 집중해 영약을 흡수한다는, 누가 들어도 기가 막혀 쓰러질 정도의 상황에서 얼마나 오래 버틴 것일까.

어느 순간 무광검기의 성질이 일변했다. 영약의 기운을 절반쯤 소화했을 때인가, 아니면 영기에 의해 신체가 반쯤 붕괴한 시점에서인가 정확한 것은 알 수 없었다.

한없이 커질 것 같던 크기가 오히려 줄어든다. 절반으로, 다시 절반으로 쇠가 접쇠와 단조(鍛造)를 거듭하듯, 접히고

접혀 압축되어 갔다. 영약의 기운은 모두 무광검기의 인력(引力)에 끌려가 소화된다. 어마어마한 양의 기운이 한 줌까지 응축한다.

한 단계 높은 차원으로의 도약이었고 승화였다.

밤하늘처럼 새까만 검기(劍氣). 무겁고 단단하지만 더욱 빠르고 날카롭게 벼려진 기운이었다.

이전까지의 무광검기도 분명 엄청난 물건이었다. 하지만 지금 손안에 들어온 이 무광검기는 같은 것이라 생각할 수 없을 정도였다.

'좋아.'

어디까지고 편하고 안전하게 상황을 끝내고자 했던 자신의 안일함이 잘못이라고 단사천은 인정했다. 그렇기에.

'마지막이다.'

무광백련검기의 목줄을 푼다. 이제는 형체도 제대로 남지 않은, 대맥을 내달리는 진기. 영기의 잔해 따위는 순식간에 분쇄하며 길을 뚫어냈다. 여태껏 아무런 힘도 발휘하지 못하고 이리저리 치이던 호체보신결의 진기도 그 뒤를 따랐다.

호흡을 잇고 진기를 잇는다. 단사천, 자신이 지닌 것들을 하나로 이어간다. 그리고 순간 뚜렷하게 영기가 주춤했다. 직후, 혼탁하게 뒤섞여 충돌하던 영기에 아주 약간의 칠흑이 깃들었다.

그 모든 상황을 지켜보던 영암은 눈을 크게 뜨며 신음을 토해냈다. 무슨 짓을 하는지 깨달은 얼굴이었다.

[…말도 안 되는 짓을, 설마 인간이 여의주를 제 색으로 물들이겠다는 것인가?]

"…나는 여의주에 대해 그리 자세한 것은 아니다만, 해보지 않으면 모르는 것 아니냐."

현백기는 조금씩 기세를 더하며 영역을 넓혀가는 단사천의 기운에 시선을 빼앗긴 채 그렇게 말했다.

[일개 인간의 지각력과 의지력으로 저 영기의 충돌을 제어할 수 있으리라고 보는 거냐?]

"대답은 같다. 가능성이 영은 아니라고."

영암과 현백기가 무어라 대화를 주고받든 말든, 단사천은 무광검기의 운공을 더더욱 가속화했다. 전신 대맥을 휩쓰는 무광검기가 빨라지면 빨라질수록 영기 또한 힘차게 맥박을 치며 그것에 반응했다. 그리고 드디어 그 순간이 찾아왔다. 전신에 가득한 영기가 조금씩 맞물리기 시작한 것이다.

[해낸다고……?!]

영암이 경악의 목소리를 높였다. 영물로서 수백여 성상을 살아왔으나 그 무수한 시간 속에서 저런 기사는 처음이었다. 어떤 자도 저런 방식으로 영기를 제어하는 자는 없었다.

아니, 그뿐만이 아니다. 넘쳐나는 영기의 반발을 억눌러 제어하는 순간부터 전신이 빛으로 가득 찬다. 파군의 내단과 화정에까지 공명했고, 이내 단사천에게로 흘러 들어가기 시작했다.

그것은 영기가 서로 반발하며 상극의 기운을 짓밟으려던 것과는 질적으로 다른 움직임이었다. 생명이 움트고 기운이 스며든다. 단사천이 입은 상처를 재생하며 그의 기운을 변화시키고 있었다.

"거봐라. 저놈은 해내는 놈이야."

잔뜩 일그러졌던 단사천의 얼굴에 희미한 미소가 서리는 것을 본 현백기는 두어 번 고개를 끄덕이며 말했다. 아직 상황이 마무리된 것은 아니지만 그래도 안정 국면에 접어들고 있음은 확실했다. 여전히 오행기는 제각각의 개성을 뿜어내며 날뛰고 있기는 했지만 무광검기의 기세가 강대해지며 그것도 점차 단사천의 신체에 맞춰 조정되어 갔다. 영암이 경악하며 목소리를 높였다.

[인간이 여기까지 해내는가.]

"네 덕분이지. 네가 아니었다면 시도조차 할 수 없는 단계에서 끝나 버렸을 테니까."

감상에 빠진 영암을 위로하듯 현백기가 말을 건넸지만 영암은 고개를 저으며 천천히 몸을 돌렸다. 눈에 품은 감정은 여러 가지였지만 그의 몸놀림은 지극히 가벼웠고, 움직임에는 생기가 가득했다. 자극을 받은 자의 불이 붙은 눈이었다.

"어디 가냐? 곧 끝날 거라고 생각하는데. 여의주, 보지 않아도 괜찮은 거냐?"

[얻을 것은 모두 얻었다. 그렇다면 내 것도 아닌 신기(神器)의 완성을 넋 놓고 보고 있을 여유는 없지.]

"그런가."

[그런 거다. 더 이상 인세와 엮이고 싶은 마음도 없다. 그러니 모든 일이 끝나면 알아서 나가라. 여의주를 빚어내고 나면, 내 도움은 없어도 될 테니.]

말을 마친 영암의 거체는 느릿하게 동굴의 어스름 속으로 사라졌다.

잠시 영암의 심사를 가늠하던 현백기는 고개와 꼬리를 거칠게 흔들며 생각을 털어냈다. 여의주에 전 생애를 쏟는 이무기들의 심사 따위, 상상은 해도 완전히 이해할 수는 없었다.

'그것은 그렇다 치고, 정말로 해버릴 줄은 솔직히 상상 못 했는데.'

단사천을 감싸고 있는 영기의 흐름은 어느덧 폭풍 같은 기세를 잃고 단순한 강풍 수준까지 내려왔다. 크고 작은 반발과 충돌은 있지만 신체에 격심한 손상이 갈 정도의 피해는 없는 상태. 흑색, 백색, 적색, 청색 온갖 색으로 물들던 안색도 정상적인 상태를 되찾았다.

'…아직은 시간이 더 필요한가.'

하지만 아직 끝난 건 아니다. 어떤 식으로든 문제가 발생할 소지는 남아 있었다.

화정이 한 번 터진다면, 화기도 화기지만 물리적으로 걷잡을 수 없는 문제가 된다. 그것 외에는 파군의 내단. 당장은 조용하지만 폭주의 가능성도 있었다.

그리고.

'저지르면 미완성이나마 여의주가 손에… 인가?'

현백기의 눈동자에도 옅게 붉은 기운이 서렸다.

안정화에 돌입해 기의 물질화가 이루어지려는 시점. 단사천은 대처 따위는 아무것도 할 수 없고 현백기가 무언가 마음만 먹는다면 이대로 끝, 그런 상황이었다.

기본적으로 금수(禽獸)에서 비롯된 영물에게 물욕은 없기에 어지간한 것은 길가의 돌멩이보다 못한 취급을 하지만 그것이 등천에 직접적으로 관계되는 여의주라면 공(空)이라 말할 수 없었다.

"바보냐."

현백기는 마음 한구석에서 떠오른 그 상념에 혀를 찼다.

분명히 여의주 정도 되는 신물이 있다면 등천에 걸리는 시간은 비약적으로 짧아진다.

그렇지만 용이 될 것도 아니다. 더욱이 부정한 방법으로 승천해 봐야 업보는 고스란히 남는다. 그 악업은 하계에 있을 때보다도 더 진한 낙인이 될 터. 아예 악업을 그러모아 마룡이라도 될 것이 아니라면 독이나 다름없는 짓이었다.

잠시 솟았던 탐욕을 짓눌리고 시선을 돌려 단사천을 주시한다. 앞으로 얼마나 더 시간이 걸릴지, 언제 깨어날지 알 수 없지만 그래도 오래 남지 않았다는 것만은 본능적으로 알 수 있었다.

＊　　　＊　　　＊

검을 휘두르고 있었다. 몸을 움직이는 것은 느렸다. 무겁지는 않았지만 힘이 제대로 들어가는 느낌이 없었다. 검을 쥐고 있는 것인지, 몸이 움직이는 것인지도 제대로 느낄 수 없었다.

풍경이 계속 바뀌었다. 본가의 정원에서 점창산의 산중, 의선문과 천주 해안동굴, 화산에 이르기까지 기억 속 풍경이 무작위로 재생되며 흘러갔다. 의식이 늘어지는 것인지 시간의 흐름도 이해할 수 없었다. 모호한 감각의 연속 속에서 어느 순간부터인가 단사천은 그저 더 빠르게 검을 휘두르는 것을 바랐다.

검은 휘두르고 있었지만 이 이상 더 빠르게 검을 휘두를 수는 없었다. 그저 검을 휘둘렀다. 삼재검법의 기본식에서부터 무광검도의 검로에 이르기까지, 이미 익숙해진 검로를 손과 검으로 따랐다.

한 번만 더.

최선의 검로를 따라서 전신을 쥐어짜 낸다. 고통은 없지만 가동 한계를 넘는 움직임에 전신의 근골이, 수용량을 넘어서는 진기에 경락이 비명을 지르고 있음은 알 수 있었다. 평소의 자신이라면 하지 않을 무리(無理). 어쩔 수 없는 상황에서만 쓰는 억지. 그것을 아무런 위험도 없는 상황에서 이어간다.

다시 한 번 그 궤적을 그려내고 싶었다. 최선의 움직임을 따라, 최선의 길을 따라 빛 너머로 이어지는 흑색의 궤적.

되지 않았다.

감각 자체를 모르겠다. 어떻게 가능했던 것인지 기억도, 느낌도 남아 있지 않았다. 몇 번을 시도해 보았지만 실패만 거푸 반복했다. 온몸 가득한 내공이 다시 한 번 굳어버린 것처럼 움직이지 않았다.

그날 그려냈던 궤적은 그저 우연인가. 이어지는 실패 속에서 단사천은 절망을 느꼈다. 무공 따위 그저 호신술이며 양생법에 불과하다 그렇게 생각하던 것이 무색하게도 절망을 느끼고 있었다.

어느 순간부터는 검을 쥐지도 않았다. 주저앉아 움직이지 않는다. 그렇게 썩어간다고 생각했다.

눈을 떴을 때에는 조용한 물소리가 귓가에 들려왔다. 단사천은 멍하니 주홍빛으로 물든 동굴 천장을 올려다봤다. 주렁주렁 매달린 종유석들이 당장에라도 떨어질 것처럼 첨단을 날카롭게 빛내고 있었다. 단사천은 잠시 호흡을 더듬었다.

답답함 없이 이어지는 호흡. 오랜만에 느끼는 편안한 호흡이었다. 천천히 가라앉는 심장박동에 그 모든 광경이 꿈이었다는 것을 깨달았다.

"일어났냐?"

현백기의 목소리가 들렸다. 얼마 떨어지지 않은 곳에 현백기가 앉아 있었다.

"꽤 오래 뻗어 있었다. 그대로 죽는 건가 싶었는데 그래도 어찌 살아남기는 했구나."

"…성공, 한 겁니까?"

목소리가 잘 나오지 않았다. 전신에 힘이 하나도 들어가지 않는 것이 확실히 보름 동안 일어나지 못한 것은 사실인 모양이었다. 하긴 거짓말을 할 이유도 없었다.

"글쎄다?"

"그건 또 무슨……?"

"나도 모른다. 여의주가 만들어지는 걸 보는 것도 처음이고 너처럼 인간이 여의주를 만드는 것도 처음이다. 네가 뭘 하든 전대미문, 전무후무한 일일 뿐. 모를 수도 있지."

현백기는 마음에 들지 않는다는 듯 투덜거리면서 몸을 일으켰다. 그는 이제 확연히 빛이 줄어든 화정을 힐긋 보았다.

"화기는 잠잠해졌군, 아직은 끓고 있지만 천지로 흘러 들어가는 열기나 독기도 내일이면 잠잠해질 것 같기는 한데… 아직은 나가기 애매하군. 너도 오늘 막 눈을 떴고."

현백기는 그렇게 말하면서 단사천을 향해 다가왔다.

"네가 퍼질러 자는 동안 내가 살펴보기는 했다만, 인간의 의술에 밝은 것도 아니고, 대단한 약을 쓴 것도 없으니 너도 스스로 확인해 봐라."

정신이 조금 몽롱하기는 했지만 단사천은 일단 현백기의 말을 따라 몸을 움직여 보기로 했다. 손발부터 시작해서 각 관절을 천천히 살펴 나가며 확인을 마친다.

'멀쩡하네.'

통증이나 위화감이 느껴지지 않았기에 어느 정도 예상은 하고 있었지만 생각 이상으로 몸 상태가 좋았다. 제법 오랫동안 움직이지 않은 탓에 몸이 나른하고 약간 뻐근하기는 했어도 움직이는 것이 무리는 없었다. 기억하는 상처는 이렇게 완벽한 회복이 가능할 것이 아니었지만, 좋은 게 좋은 거라고 적당히 생각을 정리했다.

'아니, 어쩌면 이것도 천심단의 능력인가?'

단사천은 자신의 몸 안에 있는 천심단이 정확히 무슨 능력을 가지고 있는지 모르고 있었다. 그나마 알고 있는 것은 전신에 가득한 영기를 제대로 활용할 수 있게 도와준다는 것. 그 외에 다른 것은 모른다.

어디서 조언을 얻을 수 있는 곳도 없다. 일반적인 내공심법의 상궤는 벗어난 지 오래. 그렇다고 영기를 정제해 내단을 만드는 영물들의 것과 같은 것도 아니다. 단 하나의 극기(極氣)에 익숙해진 신체 따위도 없다.

단사천과는 다르다. 생물의 규격을 벗어나 자연의 법칙에 시비를 거는 일은 없다. 하지만 그에 준하는 수준은 되었을 수도 있다.

"괜찮은 것 같습니다.

"내상도 확인해 봐라. 내가 보는 바로는 괜찮을 것 같지만 혹시 모르니까."

현백기가 다가와 단사천과 눈을 똑바로 맞췄다. 눈을 통해 내부를 들여다보는 단순하고 원시적인 관찰법이다. 단사천은 잠시 시선을 맞추다가 가부좌를 틀고 앉았다.

단사천이 한동안 운공에 집중할 기미를 보이자 현백기는 자리를 떠났다. 화정의 기운이 약해지기는 했지만 여전히 지대한 열기를 품고 있었다. 단지 단사천의 상세를 확인하기 위해 이 공동을 오가고 있었을 뿐이다.

현백기가 떠나는 것도 눈치채지 못하고 단사천은 홀로 공동에 남아 운공을 계속했다. 장님이 새로운 곳을 가는 것처럼 느리고 확실하게 전신혈도를 짚어 나간다. 소주천으로 가볍게 확인했을 때, 어떤 내상의 징조도 보이지 않았지만 혹시나 남아 있을지 모르는 것을 찾아서 내기를 인도했다.

십사경혈(十四經穴)을 절반 정도 훑었지만 외상 이상으로 심각했을 내상이 흔적도 남지 않았다. 외상과 마찬가지로 회복이 끝나 매끈하고 널찍하게 다듬어진 혈도만이 느껴졌다.

'환골탈태라든가?'

내공을 살짝 움직여 보고서 단사천은 그 네 글자를 떠올렸다가 헛웃음을 흘렸다. 뱀도 아니고 사람이 허물을 벗는 것을 상상하니 집중이 흐트러졌다.

'이런, 정신 집중!'

호체보신결이 아무리 안정적인 내공심법이라지만 운기 중에 잡념에 정신을 맡기는 건 위험천만한 짓이었다. 실수를 깨달은 단사천은 다시 일념을 그리고 의식은 조금씩 깊게 침잠해 들어갔다.

* * *

천지의 푸른 수면에 작은 파문이 생겨났다. 기포가 올라오고 뒤이어 인영이 솟아났다. 새까맣게 변색된 옷을 걸친 단사천을 거칠게 숨을 토해내며 주변을 둘러봤다.

"후아!"

한껏 쪼그라든 폐에 들어차는 공기. 뜨거운 증기가 섞여 있었지만 긴 잠영 끝에 들이마시는 숨은 시원하고 달콤하기 그지없었다.

생각보다 수심이 깊었다. 수중 동굴에서 수면까지 걸리는 시간을 영암은 일각 반을 이야기했지만 그건 영암의 기준이었다. 영암보다 훨씬 작은 데다가 수영에 익숙하지 않은 단사천은 두 배 이상의 시간이 필요로 했다.

한동안 호흡을 가다듬은 단사천은 주변을 둘러봤다. 보이는 바로는 천지의 중심 즈음인 것 같았다. 수중 동굴에서 나오고 수직으로 곧장 올라왔으니 기슭과 가깝지는 않을 것이라 생각했는데, 역시나 거리가 꽤나 있어 보였다.

"파아!"

앞 섬에서 뛰쳐나온 현백기는 숨을 몰아쉬며 단사천의 머리위로 뛰어 올라갔다. 세차게 온몸의 물기를 털어낸 현백기는 물에 닿지 않게 조심하며 몸을 둥글게 말았다.

"흔들리지 않게 가라."

"예에."

조금이라도 흔들려 물이 튈 성싶으면 머리를 툭툭 쳐대는 현백기에게 대충 대답한 단사천은 균형을 유지하며 느릿하게 물가로 헤엄쳐갔다.

'그나저나 나는 아무렇지도 않네.'

코를 찌르는 유황의 독한 냄새나 새까맣게 타버린 옷가지에서 알 수 있듯 여전히 천지는 강산성을 띠고 있었다. 하지만 단사천의 몸은 그저 따뜻한 온천에라도 들어간 듯 적절한 온기만을 느낄 뿐이었다. 내공을 끌어 올려 기막을 두른 것도 아니고 특별한 기공을 익힌 것도 아니었다. 자연스럽게 독기를 정화하고 끓기 직전의 열탕(熱湯)의 화기를 중화시킨다.

호체보신결이 아무리 대단한 기공이라고는 하지만 이런 전설에나 나올 정도의 공능은 없었다. 하지만 짐작이 없는 것도 아니었다. 정말로 전설에나 나올 물건이 그의 단전에 잠자고 있었다.

'이런 걸 보면 일단 완성한 것 같긴 한데, …정말로 제대로 완성한 걸까?'

영지에서 나오기 전, 몸 상태를 확인하기 위해 진기를 휘

돌렸던 단사천은 단전 깊숙한 곳에 무엇인가 있음을 알아차렸다.

단순히 영기의 덩어리가 아무렇게나 단전에 들어와 자리를 차지했던 것과는 비교할 수도 없는 것이 단전 안에 있었다. 그것도 그냥 있는 정도가 아니라 어마어마한 것이 단전 깊은 곳에 틀어박혀 거대한 구를 이루고 있었다.

다섯 영기가 완전하게 맞물려 고요히 잠들어 있었다. 겉으로 기운을 뿜어내는 것도 아니건만 직감적으로 그것이 천심단이라는 것을 알 수 있었다. 이만한 것이라면 당연히 천품이니 신물이니 불려도 이상할 것 없었고 용이 하늘에 오르기 위해 필요한 것이라는 것도 이해할 수 있었다. 등천을 위해서라면 이 정도는 필요할 것이라고 쉽게 상상할 수 있었다.

하지만 그뿐이었다.

호풍환우의 비적(秘蹟)을 쓸 수 있게 된 것도 아니고, 무진장의 내공을 끌어낼 수 있게 된 것도 아니다.

천심단은 그저 거기에 있을 뿐이다. 오히려 자신의 몸속에 있는 것임에도 큰 구슬이라도 삼킨 것처럼 어색하기 그지없었다.

무지막지한 영기가 꾹꾹 응축되어 단전이 빽빽할 정도였지만 쓰는 방법을 모른다. 응축된 영기의 힘은 그곳에 있다는 것을 알아도 어떻게 써야 하는지, 어떻게 이끌어내야 하는지,

감조차 잡지 못하고 있었다.

단사천은 다시 한 번 몸속의 진기를 휘돌려 보았다. 더 강하게 진기를 유도하면서 천심단을 건드려 보았지만 영기는 미동도 하지 않았다.

단단하기가 비할 데 없다. 금강석을 깎아서 만들기라도 한 것처럼 거세게 두드려 보아도 돌아오는 반응이 없다. 역시나 이건 지금 당장 어떻게 해볼 수 있는 성질의 물건이 아니었다.

'잘못 건드렸다간… 일단은 놔둬야겠지.'

단사천은 무리하지 않았다. 지금은 잠잠하다지만, 영기에 의해 목숨을 잃을 뻔했던 기억이 아직 선명했다. 영기가 품은 위험성을 잘 아는 단사천으로서는 함부로 건드리기가 두려울 수밖에 없다.

행여나 저것이 한꺼번에 터져 나온다면 이번에도 육체와 기혈이 버텨준다는 낙관적인 예측은 할 수 없었다. 한번 해낸 것도 이미 충분히 기적이라 할 수 있었다.

'뭐, 급할 건 없으니까.'

천심단의 공능을 온전히 이끌어내지 못한다는 건 아쉽지만 당면한 문제를 해결했다는 것만으로도 단사천은 만족할 수 있었다. 거기에 이것 덕분에 유황천 속에서도 아무렇지 않게 행동할 수 있다는 것도 점수가 높았다.

그리고 무엇보다 몸이 가벼웠다. 전신이 얼어버릴 것 같은 한기도, 움직일 때마다 느껴지던 뻐근함도 없었다. 활력으로 가득 찬 육신이란 이리도 아름다운 것이었다.

안개 가득한 천지가 무릉도원으로 보였다. 설령 그것이 유황 증기로 이루어진 안개와 일곱 빛깔로 빛나는 유독 성분을 가득 포함한 중수(重水)라 할지라도.

"어이, 저기!"

물가에 닿을 즈음, 기슭에서 천지를 살피고 있던 무사가 다른 곳을 보고 있던 동료를 불렀다. 거리가 멀 때는 짙은 안개에 통나무나 짐승의 사체인가 싶었지만 거리가 가까워짐에 따라 그것이 수영을 하는 사람임을 확인한 그들은 한달음에 달려왔다.

"도련님!"

창백하게 질린 얼굴에 화색이 감돌고 눈에는 안도감이 떠올라 있었다. 하지만 이내 단사천이 걸치고 있는 옷의 상태를 확인하고는 질겁하며 말했다.

"이런! 어서 물기부터 닦아내시죠."

온천처럼 온기를 내뿜는 천지가 있었지만 한겨울 산꼭대기에 부는 바람은 맨몸으로 감당하기에는 위험한 흉기였다. 호위들은 허겁지겁 걸치고 있던 피풍의라도 벗어 넘기려 했지만 단사천은 손을 들어 그것을 제지했다.

정말로 간만에 느끼는 한서불침의 육신에 한창 고양감을 느끼고 있는 와중이었다. 한겨울에 두터운 옷을 걸치고 화로 앞에 앉아서 빙과라도 먹는 느낌이랄까. 아무튼 이 사치스러운 풍취를 간단히 날려 버리고 싶지 않았다.

단사천은 한참이나 바람을 만끽하고 나서야 무사들이 내미는 옷을 받아 들었다.

마음 같아서는 산을 내려갈 때까지는 즐기고 싶었지만 새까맣게 변색되고 군데군데 녹고 찢어진 옷을 입고 돌아다닐 정도는 아니었다.

"시간은 얼마나 지났습니까?"

"그날로부터 보름째입니다."

단사천은 무사의 대답에 눈을 크게 떴다. 길어야 칠일 정도라고 생각했는데 그 두 배에 달하는 시간이다. 생각한 것 이상으로 시간이 지나 있었다.

"다들 걱정을 많이 하고 계셨습니다."

"고생 많았습니다."

무사들이 건네는 옷가지를 받아 들며 그들의 안색을 살핀 단사천이 쓴웃음을 지으며 말했다. 혈색이 옅은, 창백한 얼굴빛. 일류 무인이라도 이만한 독기 속을 거닐며 산을 오르는 일은 쉬운 일이 아닐 터였다.

"아닙니다. 이게 저희 일이니까요."

무사들은 고개를 설레설레 흔들며 답했다. 단사천은 너덜너덜한 옷을 갈아입으며 말했다.

"그간 변한 것이 있습니까?"

"경계는 계속하고 있지만 마인들은 더 나타나지 않고 있습니다. 다만 중원 쪽에서 좋지 못한 소식이 계속 올라오는 중입니다."

"중원……."

"마인들이 본격적으로 준동하는 모양입니다. 지금은 위수를 사이에 두고 정도무림맹(正道武林盟)과 마천회 사이에 일진일퇴의 공방이 계속된다는 소문이 들려오고 있습니다."

"사천과 운남의 경계에서도 소란입니다. 그것 때문에 점창의 도인들께서도 떠날 채비를 하고 계십니다."

"그렇습니까."

그다지 놀라지 않는 반응이었다. 그만큼 물밑에서 사건을 벌여온 놈들이다. 양지로 머리를 들이밀 날이 얼마 남지 않았다는 것 정도는 쉽게 유추할 수 있었다.

단사천은 옷을 갈아입고 바로 걸음을 옮겼다. 삭고 찢어진 옷가지를 던져 놓고, 새 옷을 갈아입으니 몸 전체가 새것이 된 것 같은 기분이 들었다.

가벼운 발걸음, 절로 속도가 더해진다. 좌우로 스쳐 지나가는 풍경과 겨울바람이 상쾌하기 그지없었다.

이렇게 산천을 제 발로 뛰어다니니 무겁게 발목을 잡아끌
던 것이 떨어져 나갔다는 것이 생생하게 느껴졌다.

五. 귀가

마을은 어수선했다.

화산과 지진에 의해 사람들이 떠나고 군졸들이 들어오면서부터 줄곧 어수선했던 마을이었지만, 그 혼란함은 지난 며칠 사이 더욱 심해졌다.

"진인께서는 뭐라 하시던가요?"

"이제는 더 기다리시지 못하실 것 같아요. 이미 짐까지 다 꾸려놓은 상태로 오늘까지만 기다리신다고 하셨어요. 이대로 단 공자가 내려오지 않으면 서찰만이라도 남겨놓고 먼저 움직이시겠다고 하세요."

마인들과의 전쟁은 곳곳에서 벌어지고 있었는데 그중 두 곳에서 특히 큰 싸움이 벌어지고 있었다. 하나는 섬서와 하남의 경계인 위수(渭水)이고 다른 하나는 사천과 운남의 경계인 노주(瀘州)였다.

무림맹과 마천회의 주전력은 위수에서 일진일퇴의 공방을 거듭하고 있었다. 하루에도 수십 구씩 위수 강물에 시체가 떠내려간다는 말이 들릴 정도로 치열한 싸움이 벌어지고 있었는데 그에 비해 노주에는 일부의 전력만이 대치하고 있었다.

위수와는 달리 노주에서는 서로가 움직이지 않도록 견제를 하는 것이 주목적인 탓에 큰 충돌 없이 대치만 이뤄지고 있다는 소식이었지만 이쪽도 언제 터질지 알 수 없는 화약고임은 변하지 않았다.

"하긴 지금까지도 충분히 많이 참으신 거죠."

"전장에 그분 정도 되시는 무인이 있고 없고는 큰 차이가 있으니까요. 이후로도 안전하리라는 보장이 없으니 발걸음을 막고야 싶지만, 그래도 돌아가시고자 하신다면 저희가 발을 잡을 수는 없겠죠."

세 여성은 한 다탁에 둘러앉아 대화를 나누고 있었지만 다들 서로 시선을 맞추지 않았다.

대화를 하다가 한숨을 쉬고 또 창 너머로 산을 바라봤다. 대화에 집중하지 못하는 모양새들이었다. 어떻게든 앉아 있는 것이 전부. 일행의 책임자에 가까운 위치가 아니었다면 이렇게 앉아 상황을 정리하는 대화를 하지도 않았으리라.

"그러면 일단 제 쪽에서 배편은 준비해 볼게요. 화산 때문에 요동도사도 근처에 있으니 군선은 몰라도 정기 연락선 정도는 몇 자리 얻어내는 게 가능할 거예요."

"그건 좋은 소식입니다. 단 공자님이 내려오기 전에 더 나쁜 소식만 들려오지 않으면 좋겠습니다."

이 방만이 아니라 장원 전체의 분위기가 무겁게 가라앉아 있었다. 기약도 없이 그저 불안 속에서 기다린 지 보름이니 그럴 만도 하다. 무소식이 희소식이겠거니 기다리고 있었지만 그도 칠 일을 지나고 점차 불안의 비중이 커지고 있었다.

"다른 분들은 어떠십니까?"

"다들 똑같아요. 관 단주는 늘 하는 것처럼 용위단 무사들 조련에 집중하고 계시고 장 노대는 오늘도 산 쪽이네요. 천지를 한번 둘러보고 내려오면서 약재를 찾아본다고 하셨어요."

단목혜는 귀밑머리를 손가락으로 돌돌 말며 답답한 어조로 대답했다. 지난 며칠 사이 제대로 잠을 이루지 못했는지 피부가 푸석푸석한 게 눈에 띄었다. 규중처녀답게 열심히 관리하던 머리카락도 끝이 조금씩 갈라져 있었다.

"저번에 교대한 무사들에게서는 뭐 들은 건 없나요?"

"지진과 화산 활동이 잦아들면서 독기도 옅어지고 있지만 아직 특별한 건 없다고 합니다. 그나마 안개가 옅어지고 있다는 말을 들은 것도 오늘 아침입니다."

"뭔가 변화가 있다는 건 좋은 징조일 것 같지만 여전히 무소식이라는 게 걸리네요."

한숨을 내쉰 무설은 눈가를 짚었다. 골치가 아팠다.

당초의 예상으로는 길면 사나흘 정도일 것이라 예상했던 단사천의 부재가 너무나 길어지고 있었다. 만약 무언가 잘못되었다면 현백기가 혼자라도 돌아와 부고를 전했을 테니 길어지는 무소식은 최악의 상황이 아니라는 방증이기도 했지만 그것과는 별개로 두통이 이는 것은 어쩔 수 없었다.

배경이 있으니 군관들은 대놓고 말하지 않지만 그래도 체류 기간이 길어질수록 눈초리가 조금씩 나빠지는 상태. 거기에 일행을 묶는 구심점이 되던 단사천이 없고, 최대 권위자라 할 현백기는 부재, 그 외에도 무양자가 점창파 제자들을 이끌고 철수 준비를 하느라 부산스러운 상황에 각 문파의 무사들은 조금씩 분위기가 가라앉고 있었다.

그저 다탁을 두고 둘러앉은 여성진의 사이가 나쁘지 않다는 점만이 유일한 구원이었다.

무설은 속으로 괜찮다 몇 번을 말하고, 자리에서 일어났다. 창가에서 불어드는 바람이 서늘해 두통이 조금 가시는 것 같았다.

"계십니까."

문 너머에서 낮은 목소리가 들려왔다. 관일문의 그림자가 문풍지에 비쳤다.

"관 단주? 들어오세요."

탁자에 턱을 괴고 앉아 있던 단목혜가 바로 대답했지만 관일문은 그대로 문 너머에서 말을 받았다.

"아닙니다. 곧 교대를 할 시간이기에 잠시 다녀오겠다고 말씀드리려는 것뿐입니다."

"아, 벌써 시간이 그렇게 됐나요."

창밖을 보면 아직은 밝지만 어느새 해가 꽤 기울어 있었다. 슬슬 천지에 있을 무사들의 교대가 필요한 시간. 독기가 옅어졌다지만 그래도 독무 속에서 몇 시진이고 버티기엔 벅찬 감이 있었다.

"고생하십니다."

"당연히 해야 할 일입니다. 고생이랄 것도 없습니다. 그럼 다녀오겠습니다."

멀어지는 발소리를 들으며 세 사람은 한 번 시선을 교환하고 다시 고개를 떨어뜨렸다. 무거운 한숨이 뒤따랐다.

이런 식이니 주변의 분위기가 가라앉을 수밖에 없었다. 얼굴을 보이지 않았기에 그저 짐작하는 것이지만 아마 관일문의 얼굴은 한껏 굳어져 있었을 것이었다. 문 너머로 흘러들던 채 갈무리하지 못한 기운이 넘실대던 것도 그 확신에 힘을 더했다.

저토록 굳어 있는 것, 관일문만이 아니다. 장삼이나 용위단 무사들도 마찬가지. 무양자는 조금 나은 듯했지만 수십 년의 수련을 쌓은 노도조차도 완전히 근심을 떨쳐내지는 못한 것이 눈에 보였다.

그러나 이 분위기를 만들어내는 주역은 그들이 아니라 이곳에 있는 세 사람이다.

남자만 잔뜩 있는 무사 집단 속에 아름다운 꽃은 그것이 절벽의 위의 손도 닿지 않는 꽃이라 해도, 사기를 북돋기에 충분한 존재들이다. 조금만 상냥하게 말을 걸어줘도 밑은 알아서 달아오른다. 그걸 적당히 조절하는 감각은 필요하지만 아무튼 그러한 이야기다.

의가 출신인 서이령은 몰라도 무가에서 자란 단목혜나 무설은 대충이나마 알고 있다. 하지만 알고 있으면서도 주변을 신경 쓸 수가 없었다.

'사랑은 전쟁, 반한 쪽이 패배. 시녀들의 연담(戀談)으로 조금은 알고 있다고 생각했는데……'

돌아봐 주지도 않는 사람을 향한 걱정에 내심을 다잡지도 못하고 표정 관리조차 할 수 없다니, 철심검화라는 별호가

울 지경이었다.


막 장원을 나선 관일문은 몇 걸음 걷지 못하고 발을 멈춰
야 했다.

마을 어귀에 보이는 인영에 시선을 고정했다. 익숙한 색의
무복, 병졸이나 군관의 것과는 전혀 다른 색감은 그것이 천
지에 있어야 할 무사들임을 짐작하게 했다.

'뭔가 일이 생긴 건가?'

고개를 갸웃한 관일문은 눈을 가늘게 뜨며 생각했다. 하지
만 그런 것치고는 발걸음이 다급하지 않다. 임무를 내팽개치
고 산을 내려올 정도라면 꽤나 급한 일이어야 할 텐데, 무사들
의 발걸음은 느리지는 않았지만 그렇다고 급하지도 않았다.

눈에 내공을 집중해 안력을 돋운다. 아직 어렴풋한 모습이
었지만 그다음 순간 관일문의 입에서 외침이 터져 나왔다.

"도련님!"

잠시 눈을 의심했지만 이미 발은 땅을 박차 달려가고 있었
다. 지난 보름간 쌓였던 불면불휴의 피로도 사라진 듯 기쾌
하기 그지없는 움직임으로 한달음에 거리를 좁힌 관일문은
그의 작은 주인, 단사천 앞에 내려섰다. 부복하는 그를 향한
단사천의 목소리.

"늦었습니다, 관 단주."

그간의 걱정을 날려 버리는 가벼운 목소리에 복잡한 느낌
이 들었지만 그보다 먼저 안도의 한숨이 터져 나왔다.

긴장이 풀리고 나니 직전의 몸놀림이 환상이었던 것처럼
전신이 무거워졌다. 가볍게 다리를 주먹으로 두드리고 나서
야 탈력감이 옅어졌다. 겨우 몸을 일으키니 그제야 단사천의
얼굴이 눈에 들어왔다.

밝은 혈색의 얼굴, 거슬림이 느껴지지 않는 호흡, 천의무봉
이라 표현해야 할 안정되고 흔들림 없는 기도. 재차 안도의
한숨을 내쉰 관일문은 힘 빠진 목소리로 말했다.

"…존체, 무탈하신 듯하여 정말로 다행입니다."

적어도 그의 눈으로 보기에 이제 완전히 회복한 것으로 보
였다.

"이제 몸은 괜찮으신 겁니까?"

"글쎄요. 이게 괜찮은 건지. 아닌 건지. 저도 아직은 잘 모
르겠어서."

단사천의 대답에 관일문은 미간을 찌푸렸지만 결코 무거
운 어조가 아니었음을 깨닫고 바로 표정을 풀었다.

"그럼 바로 서 소저에게로 가시죠. 지금이라면 아직 저택
내에 계실 겁니다."

관일문은 교대를 위해 인솔하던 무사들을 보내 안쪽에 소
식을 알리게 했다. 꽤나 시끄럽게 대성을 내질렀으니 안에서

도 들렸으리라 생각하지만 일단 그보다 먼저 할 일이 있었다. 안쪽의 본채가 아닌 별채로 단사천을 안내한다.

원주인이 대피하고 난 다음부터 아무도 쓰지 않았던 방인지라 먼지가 켜켜이 쌓여 있었지만 먼저 방 안에 들어선 관일문이 내공을 일으켜 소맷자락을 흔들자 매서운 바람 소리와 함께 먼지가 일순간에 쓸려 나갔다.

"아니, 먼저 의관부터 제대로 갖추시는 게 낫겠습니다. 저희 녀석들만이라면 아무래도 괜찮지만 역시 다른 분들 앞에 나갈 차림은 아니군요."

이대로 가봐야 한동안 호들갑만 떨 터였다. 관일문은 말을 끝내자마자 방을 나섰다. 얼마 지나지 않아 돌아온 그의 품에는 일체의 옷가지가 들려 있었다.

"옷은 여기 있습니다."

그가 내민 옷가지를 받아 든 단사천은 가볍게 미소를 머금었다. 그간 익숙하게 입던 무복이 아니라 푸른색 문사복이었다. 넉넉한 품과 치렁치렁한 느낌이 무인과 동떨어진 느낌이라 만족스러웠다.

타버린 것처럼 검게 부식된 옷가지를 던져놓고 새 옷으로 입고 나니, 몸도 새것이 된 것 같은 기분이 들었다. 부드럽지만 아직 길이 들지 않은 느낌과 함께 알싸한 염료의 냄새가 코끝을 간질였다.

"음."

"이리 보니 확실히 신수가 훤해지셨습니다."

누더기가 된 옷가지를 정리하고 온 관일문이 이빨을 드러내며 웃어 보였다. 그가 단사천을 보며 두 눈을 반짝이며 말했다.

"잘 어울리십니다."

"고마워요, 관 단주."

"괜찮습니다. 그보다 안채에 준비를 끝내두었습니다. 다른 분들도 지금쯤이면 모두 모이셨을 겁니다."

마지막으로 동경에 모습을 비춰 본 단사천은 별채를 나섰다. 관일문이 앞장서 문을 열어젖히자 방 안에 있던 사람들의 시선이 일순간에 모여들었다. 번뜩이는 눈동자들에 단사천이 쓴웃음을 지으며 작게 고개를 숙여보였다.

"몸은 좀 어때요?"

가장 먼저 말을 걸어온 건 단목혜였다. 문이 열리자마자 들썩이던 그녀는 단사천이 고개를 들기 무섭게 그렇게 물어왔다.

"괜찮은 것 같은데, 위화감도 없고 거슬리는 곳도 없고 그래봐야 자가 진단이니까 서 소저에게 제대로 확인을 받아야겠지만."

단사천의 대답에 시선이 서이령에게로 모인다. 모여든 시선에 잠시 당황했지만 곧 얼굴에서 당황한 기색을 지우고 답했다.

"그러시다면 바로 준비하겠습니다."

그녀가 눈을 빛내며 답하기 무섭게 무사들이 움직이기 시작했다.

방 안의 탁자며 의자 따위 가구들을 치워 자리를 만들어 내더니 침상을 가져오고 침구(鍼灸)를 늘어놓았다. 순식간에 어설프지만 있을 것은 다 있는 의방이 만들어졌다.


사락.

침상에 엎드려 누운 단사천의 등이 드러났다. 십 년도 넘게 무공을 수련한 남성 같지 않은 새하얗고 매끄러운 피부가 호롱불을 받아 빛났다. 뒤에서 살짝 가성이 들린 것도 같았지만, 이미 의원의 눈을 한 서이령은 그런 것을 전혀 개의치 않았다. 그녀는 오직 단사천만을 내려다보고 있을 뿐이다.

잔잔한 떨림마저 가라앉은 차분한 눈빛으로 담담히 두 손을 단사천의 등 위로 가져간다. 명문혈 위로 한 손을 두고 다른 한 손을 포개어 덮는다.

"후우우우."

굳게 다문 입술이 벌어지고 나지막한 숨소리가 새어 나왔다. 기감을 가다듬고 손끝에 내력을 모은다. 단사천의 내기와 그녀의 내공을 동조시키는 과정이었다. 가벼운 진맥이라면 이렇게까지 할 필요는 없었지만 체내를 완전히 밝혀내려면 내공을 주입해야 했다.

조금씩 흘러가는 기가 그녀의 머릿속에 한 폭의 지도를 그려냈다. 선명히 그려지는 경로는 단사천의 체내를 끊임없이 순환하고 있는 호체보신결의 경로였다. 도도히 흐르는 그 흐름에 뒤섞여 혈도를 따라 지도를 그려 나가던 그녀는 일순 멈칫했다.

"……!!"

본인도 모르게 벌어진 그녀의 입이 소리 없는 비명을 토해냈다. 이런 섬세한 작업을 하는 동안에는 입을 열어 기를 흐트러뜨리는 것이 금기임을 모르는 바는 아니다. 그만한 충격을 받을 수밖에 없었다.

단전에 접어듦과 동시에 그녀의 심상에 마치 대해를 연상시키는 기해(氣海)가 펼쳐졌다. 그렇게밖에 표현할 수 없는 거대한 내공이었다. 다만 그녀가 경탄한 이유는 그것이 아니었다. 그보다 안쪽에 자리한 것의 존재, 이론과 상상으로만 그려보던 천품이 존재하고 있었다.

겨우 자신의 실수를 깨달은 서이령은 자기 머리에 주먹을 쥐어박고 싶은 심정이 되었다. 다시 입을 다물고 진기를 가다듬는다. 확인해야 하는 것은 아직도 한참 남아 있었다. 서이령은 단사천의 신체에 천심단으로 인해 부하가 걸리는 곳은 없는지, 영기가 깃들었던 장기의 상태는 어떠한지를 살폈다.

단단히 자세를 유지하던 그녀는 한식경이 지나고 나서야 손을 떼어내며 숨을 길게 내뱉었다.

"어떻습니까?"

차분하게 물어 오는 이는 장삼이었다. 서이령은 진중한 목소리에 정신을 차렸다. 마음을 가라앉히며 숨을 가다듬었다. 천심단의 거대함에 놀라 들뜬 호흡을 가라앉힌 그녀가 단사천을 내려다보며 말했다.

"모두 말끔합니다. 영기가 뭉쳐서 기능부전이 오던 장기들도 회복… 아니, 그 전보다 더 깨끗한 상태로 돌아왔습니다."

무설과 단목혜가 서로를 돌아보았다. 짧게 눈을 마주한 무설과 단목혜가 동시에 고개를 돌렸다. 무설이 먼저 입을 열었다.

"이제 완전히 끝난 건가요?"

"그럼 돌아가는 일만 남았네요."

무설과 단목혜는 똑같이 고개를 설레설레 흔들고 있었다. 이제야 정말로 끝이라는 실감이 들었는지 어깨에서 힘이 빠진 모양새였다.

"그래도 대도로 돌아가시면 할아버님께 한번 진단은 받으셔야 합니다. 저는 아직 미숙하니 놓친 부분이 있을지도 모룹니다."

그에 비해 서이령은 아직 완전히 마음을 놓지 않은 채였다. 지금껏 그녀가 해온 처치들이 제대로 효과를 보지 못한 탓인지 자신의 의술에 대한 자신감이 꽤나 떨어진 것 같았다.

'딱히 서 소저의 문제는 아니었을 텐데.'

계속해서 사건이 겹치는 통에 그리된 것이었을 뿐이다. 오히려 서이령이 함께 해주지 않았다면 천심단을 조정도 하지 못했을 테니, 여기까지 올 수나 있었을지 의문이었다.

단사천은 그리 생각하고 있었지만 뭐라 말해도 딱히 서이령의 표정이 바뀔 것 같지는 않았다. 그저 쓴웃음을 지으며 고개를 끄덕였다.

이후 행로 등의 논의를 하고 있으니 문 바깥에서 인기척이 느껴졌다. 곧 문이 열리며 무양자가 방 안으로 들어왔다.

방 안에는 단둘만이 남아 있었다. 다른 사람들은 사제지간의 대화를 위해 자리를 비켜준 상태였다.

입을 열기에 앞서 무양자는 아무렇지 않게 시선을 맞춰오는 제자를 새삼스러운 눈으로 바라보았다. 무공에 대한 열의는 있으나 강함에 대한 열의는 없던 특이한 제자는 어느새 그의 눈으로도 정확한 성취를 잴 수 없을 정도로 성장해 있었다. 무공에 일생을 바친 무림인들이 알았다면 통탄을 금치

못할 일이겠지.

그런 실없는 생각을 하며 김이 올라오는 찻잔을 입에 가져갔다. 단사천의 앞에 놓인 새까만 약재를 우려낸 물이 아닌 제대로 된 차였다. 은은한 다향이 기분 좋게 코끝을 간질였다.

"듣기로는 잘 끝났다고 들었다만 이제 괜찮은 거냐?"

"예, 그렇습니다. 이제 다 끝났죠."

가볍게 대답하는 단사천의 얼굴에는 홀가분해 보이는 표정이 떠올라 있었다.

"다행이구나. 그래, 앞으로는 어쩔 테냐?"

"당연히 본가에 돌아가서 공부를 제대로 시작해야 하지 않겠습니까. 산에서는 몰라도 근 일 년은 책을 펼 여유조차 없었으니까요. 사실 지금도 늦어서 내년의 과거는 포기하고 음서로 들어갈까도 생각하고 있습니다."

한숨을 푹 내쉰 단사천은 찻잔 가득한 약을 단숨에 들이켰다. 찻잔 바닥이 보이지 않을 정도로 새까만 것이 탕약이라기보다는 사약이 아닐까 싶은 것이었으나 정작 당사자는 아무렇지 않게 다과 대신 놓아둔 말린 구기자까지 입안에 털어넣었다. 입에 대지도 않았건만 상상만으로 가득 차오르는 쓴맛에 무양자는 고개를 내저었다.

"그럴 거라고 생각은 했다."

무양자는 헛웃음을 흘리며 고개를 내저었다.

누군가는 아깝다고 말할지도 몰랐다. 단사천이 이룩해 놓은 결과는 분명 엄청난 것이었다. 동년배들을 벗어나 천하인들 사이에서도 결코 밀리지 않는 무공. 아직 이립도 되지 않은 나이에 천하를 논할 수 있는 무위, 아무리 기재가 넘쳐나는 시대라지만 단사천의 무위에 빗댈 수 있는 후기지수는 어디에도 없을 터였다.

'하지만 그래서?'

천하제일. 사내의 가슴을 뛰게 만드는 네 글자이지만 단사천도 그러하던가? 십 년 넘게 봐온 사부로서 아니라고 단언할 수 있었다. 부와 명예는 차고 넘쳐 부담스러울 지경이었고 가문이 지닌 권력은 이미 일국의 왕이 부럽지 않았다. 그렇다고 무도의 끝을 보기 위해 모든 것을 내던진 구도자도 아니었다.

오히려 싸움의 빌미가 될지도 모른다며 천하제일인의 칭호 따위는 거추장스러워할 녀석이었다.

천부의 재능이 아깝지만, 본인의 열의가 없다면 강요해 봐야 과욕일 따름이었다. 그럼 해야 할 말은 하나밖에 남지 않았다. 빈 찻잔을 매만지던 무양자는 느릿하게 입을 열었다.

"그럼 이제 한동안 이별이겠구나."

다과의 형상을 한 말린 약재를 몇 개나 씹고 있던 단사천이 눈을 크게 떴다. 턱의 움직임이 빨라지려는 단사천을 향해 무양자는 손을 내저어 보였다.

"대도까지는 함께 움직일까도 생각했다만 단목가의 아이가
배편을 구해준 덕분에 근처 진에서 바로 남하하기로 했다. 그
러니 이게 작별 인사 대신이다."

떠나기 전 제자의 얼굴을 보고 떠날 수 있음은 꽤나 행운
이었다. 무양자는 그리 생각했지만 본파의 걱정에 속이 타들
어가는 것은 어쩔 수 없었다. 전황은 교착 상태지만 혹시
모를 일이었다. 혹시라도 늦어버린다면, 점창파 도장의 잿더
미만을 보게 된다면… 하는 걱정은 끊이지 않았다.

여전히 김이 올라오는 차를 단숨에 마셔 버린 무양자는 뜨
거움을 토해내는 듯 한차례 깊게 숨을 내쉬었다. 숨결을 타
고 흘러나온 진한 다향이 방 안에 맴돌았다.

"이제는 네 본래의 길로 돌아갈 때구나. 그간 원치도 않는
무인의 삶에 얽혀 귀찮아하던 것도 이제 끝이다. 그래도 이
만큼이나 왔으면 네가 처음에 말했던 것처럼 어디 가서 맞고
다니지는 않을 테지. 그간 정말로 고생이 많았다."

무양자의 눈에 지난 십 년이 스쳐 지나가는 듯했다. 처음
만났던 날의 신기한 꼬맹이부터 바로 어제까지 걱정으로 지
새던 날이 한순간에 떠올랐다 사라졌다. 잠시 추억에 잠길
뻔했던 무양자는 손으로 얼굴을 쓸어내리며 웃음기를 지워
냈다.

이별하기 전, 오늘 정도는 함께 지내온 날들이라도 이야기하며 추억을 곱씹고 싶은 마음도 없지 않았지만 전해들은 소식들은 한시가 급한 것들이었다. 무사함을 확인했다면 이제는 정말로 움직여야 할 시간이었다.

"떠나기 전 무사한 것을 보았으니 됐다. 나중에 여름이 덥다 싶으면 피서 겸해서 마룡봉에나 놀러 와라."

마룡봉(馬龍峰)은 점창산의 열아홉 봉우리 중 가장 높은 곳이자 무양자의 암자가 있는 곳이었다. 또한 단사천과 무양자가 함께 십 년을 보냈던 이들 사제의 추억이 서린 장소이기도 했다.

대도의 본가와 같은 또 하나의 고향이라고도 할 수 있는 그곳을 떠올린 단사천은 복잡한 표정을 지었다.

"다시 안 볼 것도 아니고 얼굴 펴라, 그럼 이만 가보마."

단사천은 무양자가 떠나고 나서도 무언가 부작용은 없는지 확인하느라 며칠이 더 지나서야 대도로 향하는 길에 올랐다. 돌아가는 길, 일행은 줄어들어 있었다. 점창파 일행이 가장 먼저 떠났고 사태가 일단락되자 용린단도 본래의 의무인 왜구 토벌을 위해 몇몇만 남고 허가장으로 돌아갔다.

오십여 명에 이르던 일행은 이제 단사천과 세 여성, 그리고 몇 남지 않은 호위들이 전부였다. 재차 습격이 있다면 위험할 수도 있겠지만 한창 심화되는 싸움 와중에 이런 후방까지 전력을 투입할 정도로 여유롭지는 않으리라는 판단과 겨우 보름 남짓이면 대도에 도착할 수 있다는 사실에 다들 줄어든 일행에도 큰 걱정은 하지 않고 있었다.

가장 걱정이 많을 단사천도 당장은 걱정보다 설렘으로 심중이 가득했다.

'다시 돌아간다.'

단사천은 달리는 말 위에서 생각에 잠겼다. 이미 한번 집에 돌아간 적이 있기는 하지만 그때와는 전혀 다른 감상이 들었다. 그때는 잠시 머물다 다시 떠나는 상황이었고 무엇보다 무거운 짐이 사라진 지금에야말로 정말 집에 돌아간다는 실감이 들었다.

이래저래 쌓인 무림의 원한이 걱정되지 않는 것도 아니지만 겨울이 끝나고 다가오는 봄날의 따뜻함을 즐기기 위한 잠시의 여유 정도는 괜찮을 터였다.

'영기 문제도 해결됐고.'

시선을 단전 어림으로 내렸다. 이제는 이질감도 옅어진 천심단에 내공을 흘려보았지만 역시나 아무런 반응도 돌아오는 것이 없었다. 단사천은 가볍게 진기를 한 번 휘돌린 뒤, 미련 없이 내공과 시선을 거두었다.

천심단을 사용하는 방법을 아직 모른다지만 그런 것은 단사천에게 큰 의미가 없었고 이미 안정화가 되어 더 이상 이상이 느껴지지 않으니 그걸로 충분했다. 남은 것은 대도에 도착하는 대로 어의를 찾아가 진찰을 한 번 더 받아보는 것 정도였다.

'마인들도 상황이 돌아가는 걸로 봐서 대처할 여유는 있어. 가장 좋은 건 이대로 무림맹에 완전히 박살이 나는 건데.'

이것도 종종 들려오는 서쪽 전쟁 상황을 놓고 보면 크게 걱정할 것은 없을 것 같았다. 구파일방, 팔대세가의 연합군이 이미 위수 근방에 모였고 이에 더해 정파를 자처하는 문파들 수백이 맹의 소집에 응해 현재 모인 무사만 수만 명이었다.

'괜찮아, 괜찮아. 마인 놈들이 아무리 강해도 정파무림맹에서도 무당의 검선에 소림 불성 같은 엄청난 고수들도 나섰고 전대 고수들도 은거를 깨고 나왔으니까.'

천하제일을 논하는 무인들이 하나둘 전면에 나서고 천하에 이름을 떨치던 실력자들도 삼삼오오 모여들어 손을 보태고 있었다. 수만 명에 이르는 무인의 숫자는 덤이었다.

무림 역사를 뒤져보아도 이 정도로 화려한 포진을 갖추고 마인들과 싸운 것은 손에 꼽을 정도였다.

마천회의 마인들은 최대여도 삼사천에 지나지 않을 것이라는 이야기도 있었으니 근 열 배에 이르는 격차가 양자 간에는 존재했다. 병가의 전쟁과는 또 다른 것이 무림인들의 싸움이라지만 이 정도라면 한바탕 크게 싸워 완전히 박살 나거나 조금이라도 전력을 온전한 채로 본거지인 청해까지 도망치느냐의 양자택일이나 다름없었다.

'그런데 그런데 어째서 이렇게 등골이 싸늘할까.'

어떻게 생각해도 길이 없었지만 마인들의 얼굴을 떠올려 본 단사천은 느껴질리 없는 한기에 살짝 몸을 떨었다. 한서불침을 이룬 몸이지만 어느새 살갗이 오돌토돌하게 일어나 있었다. 단순히 이른 봄의 추위는 아니었다.

*　　　*　　　*

겨울이 지나는 동안, 무수히 많은 무인이 전쟁 한복판에서 그들의 이름을 드높이고, 또 사라졌다. 마인들과 정도무림맹의 대결은 점차 격화되어 갔다. 피를 피로 씻는 혈겁. 주전장이 되는 위수는 이미 그 강물이 붉게 물들었다는 소문까지 흐를 지경이었다.

이는 천하를 뒤흔드는 커다란 바람이었다. 마인들의 준동은 과거에도 몇 차례나 있어왔던 일이었다. 개중에는 천하를 떨쳐 울릴 악행을 자행한 대마두도 있었고 사교를 기반으로 혹세무민을 일삼던 자들도 있었다.

하지만 이토록 조직적이고 강렬한 전쟁은 지금껏 누구도

겪지 못한 일이었다. 이미 수천에 이르는 생명이 스러져 갔으나, 앞으로도 그만큼 또는 그 이상이 사라질 것을 모든 이가 직감했다.

누군가의 입에서 난세란 말이 나오고 확산되어 갔다. 명 건국 이후, 천하무림의 추세를 주도하던 정도무림맹이 흔들리는 것이 눈에 보인 탓이다.


"황정(黃精)을 조금 더 늘리는 게 낫겠군요."

마천회와 무림맹의 소식이 강호를 강타하는 동안, 단사천은 본가의 널찍한 자신의 방에서 얼마만인지 모를 한적함을 맛보고 있었다.

"그럼 백출과 산약을 조금씩 줄이고 측백엽과 천문동을 더해 비율을 조정하겠습니다."

의방에 온 것 같은 착각이 들 정도로 많은 종류의 약재를 늘어놓고 단사천은 진지한 표정을 한 채 약재들을 더하고 빼면 서이령이 그것을 모아 약첩을 접고 방문을 적어놓고 있었다.

"그런데 이제 이런 보약은 굳이 먹을 필요 없지 않으십니까?"

정리를 끝낸 그녀가 물었다.

필요로 하는 약재라면 단가의 가신들이 인맥을 총동원해

대도 전역을 뒤져서라도 공급해 준다. 의선문에 있을 때도 몇 번 만져본 적 없는 진귀한 약재나 기재마저 물 쓰듯 사용할 수 있는 점은 의원으로서 행운이라 생각하고 있었지만 그것과는 별개로, 그녀는 자신이 만들고 있는 보약들이 의미가 있는 것인지에 의문을 가지고 있었다.

정확히 말하자면 오히려 나쁜 쪽으로 의미가 있는 것은 아닌지 하는 걱정이었다.

"천심단도 천심단이지만 그만한 내공과 수련이 쌓인 몸이라면 오히려 해가 되지는 않을까 생각합니다."

단사천은 입안에서 굴리고 있던 환약을 삼키며 머리를 긁적였다. 그가 생각해도 맞는 말이었다. 지금까지야 습관이 되어 그리했지만 과유불급이라는 말을 되새길 필요가 있었다.

"하긴 그렇습니다."

건강을 위한 것이 외려 건강을 해치게 만들어서는 안 될 일이었다.

작게 고개를 주억거리는 단사천을 보며 그녀는 설핏 웃었다.

남은 약재들을 마저 정리한 서이령은 곧 떠나갔다. 매주 한 번씩 단사천을 찾아오는 것을 제외하면, 단사천과 만나기 전처럼 조부 밑에서 의술을 갈고닦고 있는 그녀였다.

다른 모두가 그랬다. 단목혜는 귀가와 함께 호된 질책과 함께 단목장군가의 금지옥엽의 자리로 되돌아갔다. 그녀와 만

날 수 있는 것은 호위 무관 십수 명이 함께한 연회 자리 정도
였다. 그래도 가끔씩 몰래 담을 넘어 찾아와 담소를 나누기
도 하는 걸 생각하면 그리 효과적이지는 않은 감시인 듯했다.

서이령과 단목혜가 가끔이라도 얼굴을 볼 수 있다면 무설
은 서신도 제대로 주고받기가 힘들었다. 단가장에 도착하고
난 뒤, 며칠간 여독을 푼 그녀는 몇 남지 않은 무사들과 함
께 패천방으로 돌아갔다. 당초 동행의 목적이었던 은혜를 되
갚는다는 목적은 이루었고 무려 일 년을 외유했으니 돌아가
지 않을 수 없었다.

무설은 언젠가 천진에 분타를 세우러 오겠다고 했지만 그
뒤로는 간간히 서신만이 왕래할 뿐, 얼굴은 본 적이 없었다.

비록 그녀와의 첫 만남이 좋은 장면은 아니었으나, 그만큼
함께하며 쌓은 정이란 것은 무시할 수 없었는지 약간이나마
쓸쓸함까지 느끼고 있었다. 아마 이런 마음을 서신에 적어
전한다면, 무설은 당장에라도 가장 빠른 배편을 잡아 단가장
까지 한달음에 달려왔겠지만 단사천은 서신을 쓰는 대신 한
편에 밀어두었던 서책을 펼쳐 글줄을 읽어 내려갔다.

"다음 향시까지 이제 얼마 남지 않았었지. 딱 일 년 만에
다시 시작하는 건데, 열심히 해야지."

지금의 단사천은 절대지경에 이르는 무인이 아니라, 전국
수십만에 달하는 과거 응시생에 지나지 않았다.

깊어가는 밤, 화촉에 불을 밝히고 글줄을 읽어가는 단사천의 얼굴에는 그저 여유와 차분함이 가득했다.

끊임없이 소란스러움을 더하는 강호사와는 동떨어져 마천회도, 전쟁도 지금의 그에겐 먼 일일 뿐이었다.

六. 침공

수개월 만에 다시 돌아온 점창산의 산세는 여전했다. 그리
길지 않은 시간이었지만 간만에 돌아온 그들의 고향은 가슴
에 충만감을 가득 채워주었다. 비록 무당산처럼 현묘한 멋도,
화산처럼 화려한 멋도 없지만, 남쪽 특유의 짙은 녹색 수림
이 만들어내는 생기 가득한 멋은 그 어느 곳에도 뒤지지 않
았다.

　익숙한 고향의 풍경에 감회에 잠긴 것도 잠시, 무양자는 일
행 중 누구보다 빠르게 이변을 알아차렸다. 여름을 맞이해
피어오르는 남방의 충만한 생기 사이에 잡스러운 기운이 섞

여 있었다.

사기와 마기의 잔향이 산 곳곳에 흐르고 있음을 감지한 무양자의 눈이 산 능선을 빠르게 훑었다. 그중 참배로를 따라 지어진 도장과 암자가 있는 곳에서 진하게 느껴지는 살기를 확인하고는 빠득! 하고 이를 갈았다.

지금 이곳은 고요한 수련의 터전이 아니었다. 무를 갈고닦고, 도를 깨우치는 전당이 아니라 한창 살육이 이어지는 전장이었다.

그는 한 호흡으로 내공을 끌어 올렸다. 기운이 거칠게 혈도를 치달려 용천에 닿는다. 바닥을 박차기 전, 무양자는 뒤에서 의아해하면서도 긴장하고 있는 사질들을 향해 입을 열었다. 불쾌한 심기가 그대로 드러나는 딱딱한 어투였다.

"일이 생긴 것 같다."

"일이라뇨. 설마……?"

"익숙한 냄새가 풀풀 나는구나. 마교 놈들이 벌써 손을 썼을 줄이야."

"사숙!"

"알아서 따라오도록 해라."

터엉!

당황하는 사질들을 내버려 두고 무양자는 단숨에 산길을 달려 사라졌다. 남겨진 사람들은 잠시 서로 눈빛을 교환했다. 무슨 상황인지 아직 완전히 이해하지는 못했으나 곧이어 들려온 폭음에 그들도 급히 발을 놀리기 시작했다.


'이럴 수가!'

청묘자는 입술을 질끈 깨물었다. 상상도 못 했던 기습에 푸르던 나무가 제자들의 피로 물들어가고 있었다. 숲 사이를 날렵하게 움직이며 점창 제자들 앞으로 사납게 뛰어드는 마인들이다. 가슴에 역 위의 천(天) 자를 새겨 넣은 자들은 호조(虎爪)나 건곤권(乾坤圈) 같은 살기 짙은 기병을 휘두르며 달려들었고 맞서던 제자들은 매서운 일격에 피를 흩뿌리며 쓰러져 갔다.

싸늘하게 변해가는 제자들을 바라보는 청묘자의 눈에 불꽃이 튀었다. 당장에라도 달려들고 싶었으나 그럴 수도 없었다. 검을 맞대고 있는 자는 그에 뒤지지 않는, 아니, 그 이상의 고수였다.

"장로라기에 기대했더니 별것 아니지 않은가."

마인의 이죽거림에도 청묘자는 답하지 못했다.

'이⋯⋯!'

가슴 가득 차오르는 분노였으나, 그가 할 수 있는 일은 없었다. 검을 내뻗기는커녕 재차 목덜미까지 다가온 죽음의 기척에 수족을 급히 놀렸다.

까강! 쩡!

겨우 검을 쳐내지만 그 대가로 손아귀가 찢어진다. 검신까지 떨림이 전해지고 검병은 피로 붉게 물들었다. 이어 아찔해지는 기분과 함께 코에서 무언가 끊어지는 느낌이 났다. 코피가 쏟아졌다. 혈맥을 타고 흐르던 내공까지 요동치며 참기힘든 고통을 가했다.

"……!!"

청묘자에게 구원의 손길이 온 것은 죽을 듯, 쓰러지기 직전이었다.

쿠쿵!

비산하는 돌 조각과 뭉게뭉게 피어오르는 흙먼지 뒤로 무양자의 모습이 드러난다. 일대를 짓누르는 거대한 기도에 일순간 싸움이 멎었다.

흙먼지 사이에서 사방에 흩어진 마인들의 위치를 눈에 담고 가장 가까운 마인에게로 몸을 날렸다.

한순간에 거리를 압축하는 무양자를 보며 놀라는 마인들. 하지만 곧바로 표정이 변한다. 일거 수십 명의 마인을 담장과 함께 박살 내며 달려드는 자에게 달리 필요한 말이 있을까. 문답무용. 가장 먼저 손을 쓴 것은 근처에 있던 광풍대주였다.

콰아아아!

광풍대주라는 이름에 걸맞은 모습이었다. 대도에 서린 내공이 대막의 광풍을 휘감은 듯 휘몰아쳤다. 삽시간에 무양자의 전면을 뒤덮는 무공에 무양자는 안색을 바꾸지도 않고 그대로 일섬을 그어냈다.

터엉! 촤아악.

거칠게 달려드는 자와 제자리에서 맞서는 자였으나, 되려 튕겨 나간 것은 광풍대주였다.

도신 중간까지 새겨진 깊은 흔적과 선을 이어가듯 광풍대주의 어깨와 옆구리에 새겨진 상처에서 피가 뿜어져 나왔다. 명백하게 갈린 우열. 늘어선 마인들의 경악 어린 시선 속에서 무양자의 몸이 앞으로 쏘아졌다.

검을 내치고 발걸음을 내디디며 무양자는 생각했다.

'오십년 전이 떠오르는군.'

원제국에 항거하던 그를 죽이기 위해 몰려들었던 몽골인 전사들이 생각났다. 사방에서 짓쳐드는 병장기, 죽음을 두려워하지 않는 광기, 날카로운 예기와 살의가 휘몰아치는 전장의 중심에서 무양자는 검을 뽑아 들었다.

콰쾅! 쩌저정! 쿠웅!

마도의 절기가 쏟아진다. 수십 개의 병장기가 피할 곳을 없애며 짓쳐 들었다. 사납고 묵직한 무공들. 여러 줄기의 경력이 휘몰아치며 무양자를 짓눌렀다. 그 경이적인 힘의 소용돌이 속에서도 무양자는 멈추지 않았다.

쐐애애액! 콰아앙!

넘실거리는 검기로 사방을 덧칠하며 마인들의 공격을 모조리 차단한다. 사방에 흩뿌려진 경력은 간신히 형태만 유지하던 반파된 전각을 휩쓸어 부수고 담장과 단상을 박살 내놓았다.

마침내 마인들의 벽을 뚫고 중심에 도착한 무양자. 믿을 수 없다는 눈빛으로 그를 바라보는 청묘자를 잡아챈 무양자는 다시 한 번 마인들의 창검 사이로 몸을 날렸다.

우우웅.

폭발하듯 몇 번이나 검갑에서 뛰쳐나오는 검섬(劍閃)이 자유롭게 움직인다. 다가오는 것은 피륙이든 강철의 병기이든 단숨에 베어 가르는 무자비한 검도였다.

쩌어엉! 콰드득!

대도를 앞세워 달려들었으나 단 일수에 처참하게 박살 난다. 자루만 남은 애병에 마인은 핏물을 토해내며 자세를 바로 잡으려 했으나 그보다 빠르게 이격이 가슴팍을 갈랐다. 무너지는 마인을 일별한 무양자는 발을 크게 내디뎠다.

믿을 수 없이 정교하고, 빠르며, 날카로웠다. 경쾌한 금속음과 동시에 혈염검노의 혈염참수법이 무너지고 있었다. 부딪힐 때마다 혈교의 비전으로 연련한 혈검이 부러질 듯 휘어지고 있었다. 무시무시한 무공. 마인보다 더 사납고 흉포한 기세의 전진은 누구도 막을 수 없었다. 마지막으로 버텨선 자는 방금 전까지 청묘자를 상대하던 묵혼검마였다.

"어딜!"

고함을 기합 대신으로 삼아, 묵혼검마의 전신에서 무서운 기파가 일어났다. 그러나 이미 그와 비슷한 급의 둘을 일수에 무너뜨려 돌파해 온 무양자다. 묵혼검마의 일격은 무양자를 멈춰 세우기엔 역부족이었다.

쩌앙!

검을 맞부딪힌 묵혼검마의 몸이 보이지 않는 망치에 얻어맞은 듯 뒤쪽으로 튕겨 나갔다.

무음의 검격의 뒤를 따라 폭음이 전장을 휩쓸자 마인들은 달려들 엄두를 내지 못하고 굳었다. 마인들의 방벽을 뚫고 나아간 무양자는 구출해 온 청묘자를 마침 도착한 일성과 일도에게 넘기고는 다시 마인들을 향해 몸을 돌렸다.

난입에서 구출, 이후 돌파까지 순식간에 이뤄진 일이었다. 잠깐 사이 펼쳐진 무양자의 압도적인 폭력에 놀라던 것도 잠시, 마인들은 얼굴을 굳히며 흉흉한 기세를 피워 올렸다. 한편 소란을 들은 것인지 주변에서 마인들이 몰려오고 있었다.

그 가운데 무양자는 침착한 모습을 하고 있었다. 심지어 미소까지 띠고 있는 얼굴. 도복에 어울리지 않는 흉흉한 살기와 무절제한 검기가 올올이 풀려 나왔다.

"너희는 외곽을 돌면서 이 녀석처럼 고립된 제자들을 도와
주거라."

"그러면 사숙께서는요?"

"나는 본 궁까지 간다."

무양자의 시선은 점차 다가오는 무수한 마인들 너머, 청벽
계의 봉우리에 닿아 있었다. 점창파의 중심이라 할 본 궁이
있는 그곳에서 등골이 저릿해질 정도로 짙은 마기가 느껴졌
다. 그를 부르는 듯, 노골적인 존재감이었다.

"그런 거라면 저희도 함께……!"

"네가 없으면 다른 녀석들끼리 얼마나 버틸 수 있을 것 같
으냐?"

일성은 잠깐 망설였지만 얼굴을 굳히곤 입을 열어 외쳤다.

"…하지만 본 궁에는 사부님이 계십니다!"

한껏 굳은 얼굴이었으나 무양자는 일성에게 시선을 주지
않았다. 시선을 산 정상에 고정한 채로 어디까지나 담담한
어투로 이야기했다.

"장문 사형이라면 진즉에 본 궁 따위 버렸을 거다. 아무것
도 아닌 건물에 얽매일 정도로 물질 따위에 집착하는 사람이
아니니까. 본 궁보다는 세마담(洗馬潭) 쪽에서 진이라도 치고
마인들을 상대하고 있겠지."

세마담은 산 정상 부근에 있는 호수의 이름이었다. 이르는 길이 험하고 산세도 복잡해 만일의 사태를 대비하여 농성 준비를 해둔 곳이기도 했다. 고수 몇이 길목을 막는다면 어지간해서 뚫리지 않을 천혜의 요새. 장문인 무현자라면 전각에 집착하기보다 제자들을 수습해 그곳까지 후퇴했을 가능성이 높았다.

"그 증거로 저 위에서 느껴지는 건 오직 마인 놈들의 잡기(雜氣)뿐이다."

"그렇다면 사숙께서도 굳이 그곳에 가실 필요가 없지 않습니까."

"고요와 청정을 유지해야 할 도장에 흙발로 들어온 놈들에게 누군가는 점창의 기상을 보여야 하지 않겠느냐. 이대로 물러나는 건 점창의 이름을 진창에 처박는 짓이다."

더 이상 말을 듣지 않겠다는 듯, 무양자는 앞으로 발을 내디뎠다. 일성도 설득을 포기하며 곧이어 도착한 사제들과 함께 천천히 위치를 뒤로 물렸다.

"놈들을 잡아!"

묵혼검마가 피를 토하며 외쳤다. 형형히 빛나는 눈에는 붉은 살기가 깃들어 있었다. 명령이 떨어지자 마인들이 천천히 거리를 좁혀 왔다. 조금씩 거리를 재며 다가오던 마인들은 일성과 제자들이 충분히 멀어지자 속도를 올려 일거에 짓쳐 들었다.

쿠르르릉! 콰앙! 콰직!

사나운 파열음이 연달아 터져 나왔다. 발검 일격에 무지막지한 괴성이 따라 나왔다. 단순한 철검이었으나 흑색의 검기에 뒤덮인 모습은 재액을 가져오는 마룡과 같았다. 맞부딪히는 모든 것을 분쇄한다. 병장기고 사람이고 구분 없이 박살이 났다.

"으하하하하!"

무양자가 광소를 내뱉으며 앞으로 치달렸다.

핏물을 흩뿌리며 날아가는 육편 사이로 무양자의 철검이 춤을 췄다. 뼈와 근육을 베는 소리가 서걱서걱 울려 퍼졌다. 살기로 가득한 모습. 마인들의 진형이 삽시간에 무너지고 있었다.

무인지경으로 날뛰는 무양자였으나 본 궁까지 아직 삼십여 장의 거리를 남겨둔 시점에서 진격이 멈췄다. 그럴 수밖에 없었다. 정문에서 느낀 그 마기의 주인이 무양자를 마중 나온 것이다. 무양자로서도 감히 무시할 수 없는 짙은 농도의 마기였다.

전신을 새까만 천으로 뒤덮은 자였다. 드러난 것은 눈가가 전부인 괴인. 특이한 모습에 잠시 당황한 무양자는 곧 눈앞의 괴인과 비슷한 것을 일전에 보았음을 떠올렸다. 지독한 시취와 독기, 그리고 악의가 뒤범벅되어 사방을 오염시키듯 흘러 넘친다. 요동 초원에서 보았던 그 강시 같지 않은 강시와 같은 것이었다.

"강시인가."

나직한 혼잣말이었다. 괴인에게서 기대하지 않은 대답이 돌아왔다.

"그보다는 좀 더 나은 것이다."

"호오, 말을 할 줄 안다?"

무양자는 놀람을 숨기지 않았다. 생기라곤 한 줌도 느껴지지 않는 완벽한 시체였을 텐데, 쇠를 긁는 것 같은 거친 목소리라고는 해도 멀쩡히 대화를 할 수 있다는 것은 말로 설명할 수 없는 기사였다.

"하지만 굳이 대화를 나눌 필요도 없지."

한마디 말로 혼란을 잘라내며, 한순간에 침착함을 되찾은 무양자는 아무렇지 않게 손을 털었다.

퀴이이잉! 파츠츠츳!

가볍게 손목을 흔드는 그사이에 일검이 그어졌다. 괴인의 상반신에 한 줄기 선이 그어지며 흑의가 찢겨 새하얀 피부가 드러났다. 하지만 으레 뒤따라와야 할 상처도 핏물도 없다. 무양자가 손대중을 한 것이 아니라 그저 괴인의 신체가 그만큼 단단했던 것이다. 손에 느껴지는 감각으로는 강철 이상.

어지간한 보갑(寶鉀)에 비견될 강도였다.

"대체 서장 대막에는 뭐가 있기에 마교 놈들은 죄다 이런 몸뚱이를 하고 있는 게야."

무양자는 손끝에 느껴지는 결코 무시할 수 없는 반탄력에 투덜거렸다. 상대는 신체만 괴물 같은 것이 아니었다. 어찌 모았는지는 몰라도 괴인의 내공은 무양자의 배는 달하는 수준이었다.

"과연 대단해. 역시 그 괴물의 사부야. 완성된 극광강신체(極狂降神體)로도 완전히 충격을 해소할 수 없는가."

무양자의 눈썹이 꿈틀거렸다.

"괴물의 사부? 본도의 제자를 아나?"

"신세도 졌지. 한번 죽임도 당했고. 썩 유쾌하지 않은 경험이었다. 그래서 사부인 너에게 좀 갚아주려고 했는데……."

괴인, 광마는 웃으며 기도를 일으켰다. 찢겨진 옷자락이 너풀너풀거릴 정도로 막강한 기도가 일어난다. 마주 내공을 끌어 올리던 무양자조차 머리카락이 쭈뼛 설 정도로 무시무시한 기세였다.

"하지만 조금 늦었군. 자랑하는 검만큼이나 발도 빨랐으면 좋았을 텐데 말이지. 그러면 다른 놈들이 죽는 꼴을 직접 볼 수 있었을 것인데."

"건방지구나, 설죽은 송장아."

눈가를 흠칫한 무양자는 거침없는 언사로 답했다. 그가 검을 들어 광마를 겨누었다.

신경을 긁는 대화에 낭비할 시간 따위 없었다. 복잡한 고민도 할 필요 없었다. 무광검도가 이끄는 길 그대로, 최단의 길을 찾아 베어 넘기면 그뿐이었다.

"방금 것으로 그리 혀를 놀릴 자신감을 얻은 거라면, 이번에는 그대로 베어 죽여주마!"

내공이 가득 실린 호통이었다. 주변의 자갈과 먼지가 동심원을 그리며 퍼져 나갔다. 새까만 검기를 두른 철검의 흉폭한 날이 허공을 가를 때, 광마도 예상한 것처럼 마주 움직였다.

위잉! 쒜애액!

오직 살의로 가득한 격돌이었다.

쩌어엉!

육장과 철검에 두른 새까만 두 개의 기운이 불꽃이 되어 사방으로 비산했다. 튕겨져 나간 쪽은 광마였다. 달려들던 무양자의 검이 광마에게 겨눠지며, 다시금 화살이 되어 허공을 꿰뚫었다. 무너진 자세에서도 물 흐르듯 자연스레 펼쳐내는 사일검법의 초식이었다.

콰득!

방어를 위해 내뻗은 손바닥을 꿰뚫는다. 그대로 머리까지 꿰어버릴 생각이었지만 예상한 것 이상으로 저항이 강했다.

요동에서 보았던 그것을 감안해 충분히 내공을 불어넣었 건만, 한 치가량을 남겨두고 검이 멈췄다. 핏줄이 불거질 정 도로 힘을 주어도 밀려들어 가지 않는다. 요지부동. 무양자 는 미간을 찌푸리며 광마의 복부를 걸어찼다.

퍼억.

이번에도 눈살을 찌푸린 것은 무양자였다. 적지 않은 내공 을 담은 발길질이었다.

하지만 광마는 아무렇지 않게 버텨냈다. 오히려 손바닥을 꿰뚫은 검을 양손으로 쥐어 보였다. 끼긱거리는 기분 나쁜 소음이 울렸다. 명백히 검을 빼앗겠다는 의도였으나 방도가 없었다. 무양자는 속으로 혀를 차며 검을 놓아버렸다.

콰작! 쿠드득!

무양자가 크게 물러나는 사이 검은 유리처럼 수백 조각으 로 깨졌다. 광마가 손바닥에 박힌 검편을 뽑아내는 사이 무 양자는 바닥에 굴러다니는 주인을 잃은 검 하나를 주워 들 었다. 점창 제자라면 누구에게나 지급되는 세검이었다. 아마 검의 주인은 주변에 쓰러져 있는 시체 중 하나일 터였다.

마침 바로 앞에 무참히 짓이겨진 시체를 바라본 무양자의 미간에 주름이 새겨졌다.

"…합공인가. 정말이지 무인답지 않은 짓거리만 골라 하는 구나."

점차 거리를 좁혀 오는 마졸들을 곁눈질하며 입을 열었다. 광마는 부정할 생각도 하지 않으며 웃음기 서린 어투로 이야기했다.

"우리는 전쟁을 하러 왔다. 정정당당한 대련 따위는 너희들끼리 놀 때나 할 수 있는 것이지."

"정말로 옛 생각이 나게 해주는구나."

제 목숨 아까운 줄도 모르고, 명예도 뭣도 없이 달려드는 모습은 무양자에게 또다시 과거를 떠올리게 했다. 깊게 한숨을 내쉰 무양자의 전신에서 흘러나오던 살기가 한층 더 짙어졌다.

"덕분에 아주 옛 같은 기억들이 떠올랐다. 답례로 네놈들을 모조리 쳐 죽여주마."

말이 끝나기 무섭게 광마의 몸이 거대한 철퇴에 얻어맞은 듯 뒤편으로 날아갔다. 뒤따르는 폭음. 무양자는 두 눈을 부릅뜨며 광마를 쫓아 몸을 날렸다.

콰앙!

발로 밟은 땅이 펑, 하고 터졌다. 참배로의 청석이 깨지고 땅거죽이 뒤집혔다. 광마는 순간 아득해지려는 정신을 부여잡고 눈으로 무양자를 쫓았다. 곧 새까만 눈동자가 무양자를 포착했다.

손을 곧게 펴 수도(手刀)를 만들어내 무양자를 향해 곧게 휘둘렀다. 무양자의 검격은 눈으로 좇을 수 없다. 그렇다면 행동을 강제하는 수 싸움을 할 수밖에 없었다.

검과 손이 부딪쳤다. 양측 모두 밤하늘처럼 어두운 기운을 두르고 있었다. 충돌 지점에서 발생한 충격파가 주변을 할퀴었다. 박살 난 도로의 파편이 하늘 높이 솟구쳤다. 수도가 박살났다. 칼날이 손바닥 한 중간을 가르며 파고들었다.

광마는 뿌드득! 하고 이를 갈며 웃었다. 팔뚝부터 손등까지의 핏줄이 징그럽게 부풀었다. 박살 나 넝마가 된 손을 회수한다.

다음을 잇는 것은 족도(足刀)다. 한 자루 귀검처럼 귀곡성을 품고 다리가 솟구쳤다. 무양자는 그것을 흘긋 보더니 몸을 뒤집으며 검을 내쳤다. 귀곡성을 지워 버리는 강렬한 파공성과 함께 광마의 다리가 한 줌 핏물을 흩뿌리며 튕겨 나갔다.

거기서 일장. 다시 격돌한다. 방금 전 절반 가까이 찢겨졌던 손이 그새 원래의 형태로 회복되어 있었다. 광마는 이빨을 드러내며 웃었고 무양자도 마주 이빨을 드러내며 거칠게 검섬을 뿌렸다.

검격의 궤적을 따라 길게 풀려 나온 검기가 채찍이 되었다. 그대로 휘둘러 갈겼지만 광마의 몸뚱이는 한 차례 흔들리기만 했을 뿐, 피륙에 상처가 새겨지지는 않는다. 광마의 신체, 극광강신체는 혼천종이 천년 동안 그러모은 모든 비술과 사법의 집대성이었으며 단사천에게 죽음을 느낀 광마가 영육의 소멸을 걸고 완성시킨 금주였다.

하지만 무양자는 알지 못한다. 범상치 않은 자라는 것만 알 뿐. 그저 마음에 들지 않았을 뿐이다. 역겨운 시취(尸臭), 천리를 거스르는 역천의 사술(邪術). 그리고 무엇보다 베어도 베이지 않는 더럽게 단단한 몸뚱이가 마음에 들지 않는다.

이쪽은 매 검격을 내칠 때마다 노구의 뼈마디가 시큰거리는데, 놈은 고통조차 느끼지 않는 모양새였다. 살의와 분노, 투쟁심이 한데 뒤엉긴다. 도사가 해서는 안 될 얼굴을 하며 무양자는 광마를 쫓았다.

광마는 무양자의 기도를 느꼈다. 거기에 서린 분노와 살의는 예전 화산에서 수작을 부리느라 납탑파군의 앞에 섰을 때를 떠올리게 했다.

광마의 어깨가 가늘게 떨렸다. 하지만 물러서지 않는다. 양팔을 크게 펼쳤다. 급소를 하나도 가리지 않는 빈틈투성이의 자세. 하지만 변화가 생긴다.

콰아아!

신체가 가려질 정도로 짙은 호신강기가 뿜어져 나왔다. 광마의 몸 안에는 거대한 내공의 바다가 있었다. 제법 많은 내공을 소모하기는 했지만 그 정도야 얼마든지 다시 보충할 수 있다. 끌어내고, 또 끌어낸다. 광마의 강기는 새까만 먹물처럼 진했다.

'경이로울 지경이군. 신체도 신체지만 저게 일개 인간의 몸에 담을 수 있는 수준의 내공인가?'

무양자는 가볍게 경탄했다. 다만 한가로이 생각에 젖을 정도로 상황은 여유롭지 못했다.

좌우, 후방 세 곳에서 마인들이 뛰어올랐다. 수는 여섯, 약간의 시간 차를 두고 달려드는 모양새였다.

'놈의 신체 강도를 생각할 때, 호신강기를 깨부술 정도의 출력을 위해서는 내기를 가다듬을 필요가 있다. 결국 주변 정리의 선행은 필수인가.'

판단을 내린 무양자는 단숨에 마인들의 포위를 깨부술 요량으로 몸 전체를 회전시키며 검격을 펼쳐냈다. 강렬한 검풍에 허공에 몸을 띄웠던 마인들이 휩쓸려 날아갔다.

"흠."

짧게 끊은 호흡과 함께 무양자의 두 눈에 반짝이는 광망이 서렸다.

사방으로 검격이 뻗어 나갔다. 대상을 보지도 않고 그저 무심히 몸에 새긴 수백 가지 투로(透路)에 맞춰 검을 내치고 회수하는 반복. 상대를 확인하지 않으니 자연히 필요 없는 동선이 섞이고 아무것도 없는 허공에까지 검격이 뿌려졌다. 체력과 내공의 낭비였으나 효과는 지대했다.

이미 목이 베여 절명한 마인의 사지 육신이 수십 조각으로 토막 나고 일순간에 십여 곳의 요혈을 난자당한 마인이 한 말도 넘는 피를 뿜어내며 땅에 쓰러졌다. 사람의 육체가 너무도 쉽게 찢겨 부서진다.

피의 비가 내리자 광마는 마주 검은 꽃을 피웠다. 먹물보다 짙은 검은색의 꽃이었다. 광마가 손을 움직일 때마다 꽃봉오리 같은 마기가 풍풍거리며 솟아났다.

그리고 그것은 화려하게 개화했다. 수백 조각으로 나뉜 검은 꽃잎이 나부낀다. 헤아릴 수 없는 그 꽃잎 모두가 마기의 파편이었다.

닿는 것만으로 집채 정도는 우습게 날려 버릴 위력을 지닌 마기의 꽃이다. 아름다울 정도의 폭력의 결정. 그 중심에서 광마는 아주 잠깐, 눈 한 번 깜빡거릴 정도의 짧은 찰나에 무양자와 눈을 마주쳤다. 웃고 있었다.

우우웅!

잘못된 글자를 덧칠하듯 그어지는 흑선(黑線). 대기를 찢어발기며 허공 중에 생겨난 진공이 폭풍을 불렀다. 돌풍과 꽃잎이 만나 크게 회오리쳤다. 사방으로 퍼져 나가는 마기의 파편에 적게는 수십 년을 제자리에서 버텨온 전각이 무너지고 땅거죽이 뒤집히며 아름드리나무가 뜯겨 부러졌다.

손이 움직일 때마다 검은 꽃이 피어나고 검이 휘둘러질 때마다 돌풍이 불었다. 잠깐 사이, 광마와 무양자 사이에는 아무것도 남지 않게 되었다.

하지만 둘은 멈추지 않았다. 아직 둘 중 누구도 죽지 않았고, 둘 중 누구도 땅에 쓰러지지 않았다. 무양자는 순수한 분노를 가감 없이 드러내며 검을 뽑었다.

콰드드득!

무양자가 휘두른 검과 광마의 주먹이 부딪혔다. 광마의 주먹이 크게 뒤로 튀어 오르면서 검은 피를 뿜었다. 너덜거리는 주먹. 하지만 바로 회복된다. 광마는 잔뜩 충혈된 눈으로 미친 듯이 웃음을 터뜨렸다. 허리를 틀어 크게 휘두르는 발끝이 무양자의 관자놀이를 향해 휘둘러졌다.

쫘앙!

그새 회수한 검이 발을 막아냈다. 피해는 주지 못했다. 하지만 조금 옆으로 기울어졌다. 광마의 몸이 함께 돌았다. 그대로 몸을 옆으로 눕듯 기울이면서 양 주먹을 뻗었다. 폭음이 터지고 무양자의 몸이 크게 뒤로 날아가 불타던 전각을 무너뜨렸다.

광마의 얼굴이 일그러졌다. 양손이 걸레짝처럼 찢겨 너덜너덜하게 변해 있었다. 무양자는 그새 검을 되돌려, 공격을 받아냈다. 찰나를 몇 번이나 쪼갠 것인지 알 수 없는, 그저 반칙이라고밖에 표할 길이 없는 속도였다.

'정말이지 질리게 하는군.'

손상된 신체를 회복하기 위해 기운을 상처 부위에 집중시켰다. 시간을 되돌리듯 회복하는 육신. 피해는 회복했지만 가득 채워두었던 마기가 그새 반절이 되어 있었다. 무양자가 부딪혀 오는 감정에 물들어 날뛴 대가였다.

광마는 굵은 목을 주무르면서 입술을 일그러뜨렸다.

"확실히 이대로는 안 되겠어."

광마는 호흡을 한 번 가다듬고서 땅을 박찼다. 터질 듯 부풀었던 다리 근육이 바닥을 뒤집으며 몸을 포탄처럼 쏘아냈다. 방금의 공격으로 무양자가 큰 피해를 입었을 것이라는 생각은 조금도 하지 않았다. 실제로 그랬다.

콰아앙!

건물의 내부에서 터진 폭발에 불붙은 파편이 광마을 향해 쏟아졌다. 광마는 양팔을 휘둘러 파편을 모조리 쓸어냈다. 불꽃 속에서 천천히 걸어 나오는 무양자는 옷자락조차 그을리지 않은 모습이었다. 줄기줄기 뻗는 날카로운 검기가 불꽃을 가르고 있었다.

무형의 검기가 만들어낸 권역을 향해 광마는 거침없이 발을 디뎠다. 당연하게도 수십 가닥의 검기가 전신을 난도질했다. 그것을 철저하게 맨몸으로 받아낸다. 감히 따라잡을 수 없는 속도였지만 버티지 못할 것은 아니었다.

마기를 한층 더 짙게 끌어 올리자 다진 고기 조각처럼 해체되던 신체가 검이 지나가기 무섭게 회복된다. 가해지는 파괴 이상으로 회복이 빨랐다.

검을 휘두르는 무양자가 미간에 깊은 골을 만들어냈다. 상황이 풀리지 않자 점차로 두 눈에 가득하던 분노가 희석되고 냉정함이 깃든다. 무절제한 검격이 점차 궤도를 날카롭게 다듬어진다. 아무렇게 내치던 검로가 요혈을 노려 비틀린다. 변화를 느끼며 광마는 속으로 웃었다.

'역시 온갖 전장을 겪은 노강호. 사문을 불태우는 격장지계라도 오래 가지는 못하나.'

다른 수를 써도 마찬가지. 쌓인 경험의 단위가 다르다. 어중간한 수를 둬봐야 역으로 잡아먹힌다. 그렇기에 먹음직스럽고 무시할 수 없는 것을 미끼로 내어준다. 속임수라 생각할 수 없을 정도로 맛있는 먹이를.

계산을 끝낸 광마가 한계에 이르도록 속도를 올렸다. 한계를 넘는 움직임에 근육 섬유가 가닥가닥 끊어진다. 파괴력은 분명 곱절이 되었으나 스스로도 제어하기 어려운 속도였다. 자세가 무너지고 동작이 커진다.

이윽고 미세한 틈이 드러난다. 검을 박아 넣지 않고서는 배길 수 없을 정도로 먹음직스러운 틈. 수 싸움을 위해 일부러 내보이는 것이 아닌, 그저 자신의 속도를 제어하지 못해 자연스레 드러나는 빈틈이었다.

어지럽게 내뻗는 권영(拳影) 사이로 창백한 얼굴이 드러났다.

단 일순간이었다. 한 번 생각하고, 한 번 판단하면 사라질 틈새에 본능적인 검격이 비집고 들어온다. 강대한 내공을 한데 모아 발해진 검격이 광마의 얼굴을 호신강기의 벽채로 사정없이 부쉈다.

피가 뿜어지고 이빨이 부러지며 짓뭉개진 안구가 튀어나왔다. 인간이라면 이견의 여지없이 즉사해야 마땅한 광경. 시체를 되살린 강시라도 이 정도로 파괴당하면 멈추게 마련이다.

그러나 광마는 비릿하게 웃었다.

무양자는 그 웃음을 보고 있지 않았다.

제아무리 고수라도 목이 떨어지면 그것으로 끝이다. 생불과 같은 고승도, 신선이나 다름없는 도사도 마찬가지. 무수한 전장을 거치며, 기천에 달할 정도의 목숨으로 쌓아온 경험에서 단 한 번도 예외는 없었다.

그렇기에 무양자의 시선이 아주 잠깐 광마에게서 벗어났다. 머리로는 광마가 이대로 죽지 않음을 알고 있지만 동시에 습관이 될 정도의 경험이 무양자의 행동을 일그러뜨렸다. 바로 광마가 원하던 모습이었다.

'경험과 인지의 괴리.'

목이 떨어져도, 심장이 꿰뚫려도, 사지가 찢겨도 마귀의 육신은, 극광강신체는 죽음을 허락하지 않는다.

일순간의 틈. 실책을 인식한 무양자가 검을 되돌리려 했지만 벌써 재생을 시작한 광마의 머리에 박힌 검은 뽑힐 생각을 하지 않았다. 외려 집중되는 마기가 검을 타고 올라와 무양자의 손까지 침식할 기세였다.

무양자의 얼굴에 처음으로 낭패한 기색이 떠올랐다. 청수한 노도의 얼굴에 짙게 내려온 어둠이 하나 남은 눈동자에 비치자 광마는 무어라 비아냥대고 싶은 마음이 들었지만 재생이 끝나지 않은 탓에 제대로 된 말로 이어지지 못했다.

그 대신 양손으로 와락 무양자를 안았다. 온몸에 들러붙어 있던 질척한 핏물이 무양자의 도복을 물들였다. 뒤로 물러날 순간을 놓친 무양자는 손발을 휘둘러 광마를 후려쳤지만 꿈쩍도 하지 않았다. 뼈가 조각나고 내장이 터지는 감촉이 손을 타고 올라왔지만 광마의 웃음은 더욱 짙어질 뿐이었다.

광마의 팔뚝이 조여들었다. 인간의 것이라 믿기지 않는 괴력에 팔뚝과 맞닿은 부분에서부터 불쾌한 소리가 났다.

삐걱, 뿌드득!

뼈가 뒤틀리는 소리가 몸 안에서 울려 퍼졌다. 하지만 그럼에도 무양자는 신체를 보호하기 위해 내공을 쓰는 대신 무릎과 이마에 내공을 집중시켰다.

퍼엉!

무릎이 광마의 복부에 틀어박히자 가죽 북이 터지는 소리가 났다. 폐까지 제대로 꿰뚫었는지 일순간 조이는 힘이 약해졌다. 무양자는 곧바로 머리를 들이받았다. 이번에는 대나무가 쪼개지는 듯한 소리가 울렸다. 얼굴을 핏물로 적신 광마가 팔을 풀고 비척비척 뒤로 물러났다.

툭, 털썩.

간신히 광마의 팔뚝에서 빠져나온 무양자의 몸이 땅바닥에 쓰러졌다.


무양자는 흐려지는 의식의 끈을 잡았다.

'아직이다.'

무양자는 시야를 덮어버린 핏물을 머리를 세차게 흔들어 떨쳐냈다. 비틀거리며 몸을 일으킨 무양자는 마기에 휘감긴 광마를 노려보았다.

거리가 있음에도 피부가 뜨겁게 달아오르는 마기였다. 무양자는 구멍이 숭숭 뚫린 웃옷을 손으로 잡아 뜯어냈다.

"사숙, 모두 피했습니다!"

산 아래에서 일성의 목소리가 들렸다. 다른 제자들을 도우라던 그의 말을 충실히 이행한 모양이었다. 무양자는 씁쓸한 표정을 지으며 팔을 가볍게 움직여 보았다. 삐걱거리기는 해도 어찌 움직이기는 했다.

"미련한 놈."

광마가 비웃었다.

인정해 줄 수는 있었다. 천하에 흔치 않은 실력자. 쾌검이라는 부류에서라면 이견의 여지없이 천하제일임이 분명하며, 도가의 무인답지 않게 사람을 베는 데에도 망설임이 없는 무자비한 검귀. 하나 그래봐야 인간이었다.

무양자가 지닌 힘은 인정하지만 그 힘이 광마를 어찌할 수 있다는 뜻이 아니다. 베여도, 꿰뚫려도, 짓이겨도 죽지 않는다. 그렇기에 비웃었다.

무양자도 잘 알고 있었다. 그가 익힌 무공으로는 광마가 보여주는 괴이한 재생력을 짓누를 수 없었다. 죽을 때까지 벤다는 선택도 불가능하다. 비록 지금은 남아 있지 않으나, 산 곳곳에 퍼진 마인들이 곧 모여들 터였다. 그의 편은 어디에도 없었다. 다양한 수법을 사용해 보았음에도 광마에게 온전한 타격을 주지 못했다. 전투가 이어지면 이어질수록 무양자는 지쳐갔다.

그래도 팔다리는 여전히 움직인다. 비록 정신이 아득해질 정도로 아프기는 했지만. 그에 대해 안심하면서 그는 선택을 결심했다.

단전 밑바닥을 부숴 생명의 근원을 끌어낸다. 진원진기. 내공의 정수이며 동시에 생명력, 그 자체인 기운. 그것을 망설임 없이 끌어 올렸다. 나이에 걸맞지 않는 강렬한 생명력이 내공이 된다. 그 어느 순간보다도 진한 흑색의 무광검기가 손에 깃들었다.

극도로 집중되는 기운을 버티지 못하고 손끝에서부터 살이 갈라져 핏물이 터져 나왔다. 짙은 흑색을 휘감은 손을 보며 광마는 입을 열었다.

"다 죽어가는 몸으로 끝까지 발악을 하는구나. 포기하면 편히 죽을 수 있는데도."

무양자가 몸을 일으키는 사이 완전히 몸의 복구를 끝마친 광마의 이죽거림에 그는 대꾸하지 않았다. 대신 남은 내공과 몸 상태를 점검했다. 진원진기까지 끌어냈다지만 기반이 될 육신이 너무나 망가졌다. 밑 빠진 독에 물을 들이붓는 꼴. 새어 나가는 이상으로 부어 넣어 신체를 유지하고 있지만 오래가지 못하는 상태다.

피범벅이 된 손으로 자세를 잡으며 광마와의 거리, 주변 상황을 머리에 담고 마지막으로 내뻗을 수 있을지 없을지 모를 일격을 뇌리에 그렸다. 계산이 끝나자 그는 머뭇거림 없이 광마를 향해 달려들었다.

무모한 돌진에 광마는 다시금 비웃었다. 양팔이 망가진 검수를 두려워할 이유가 없었다. 웃음을 띤 광마가 손을 휘둘렀다.

콰르르!

새까만 마기의 파도가 무양자를 덮쳤다. 거친 숨을 몰아쉰 무양자는 곧장 몸을 돌려 덮쳐 오는 마기의 파도를 향해 검을 휘둘렀다.

퀴이이잉! 쫘아앙!

처음부터 무광검도를 극성으로 펼치고 있었다. 거센 일격이 마기를 갈랐을 때, 마기의 파편이 사방으로 튀어 나갔다. 심상치 않은 기세를 느끼게 했다. 혼신의 일격임을 한눈에 알 수 있었다.

광마는 이를 드러내며 웃었다.

'이제 바닥을 드러내는군.'

양팔을 교차시켜 전면을 막았다. 내공 또한 온전히 방어를 위해 집중. 막아내면 끝이다.

콰아앙! 까드득!

굉음과 함께 폭발하는 공기가 광마의 양팔을 거칠게 헤집어 놓았다. 검은 계속해서 나아갔다. 먹물처럼 짙은 마기를 가르며 나아간 검은 광마의 어깨에서부터 심장을 향해 사선으로 그어졌다.

퍼억. 콰직!

어깨뼈와 쇄골을 부수고 근육을 가르는 일격.

"하하하하!"

쏟아지는 핏물이 한 말도 넘을 지경이었으나, 광마는 머리를 젖히며 큰 소리로 웃었다.

검이 멈췄다. 심장까지 남은 거리는 겨우 일촌 반. 무엇이든 베어버릴 것 같은 강렬한 기세의 검은 도중에 내공이 끊기며 광마의 육신을 가르는 데 실패했다.

뻐엉!

광마의 발길질이 무양자를 멀리 날려 버렸다. 무식할 정도로 강한 힘과 끔찍한 마기가 담긴 일격. 한참을 날아간 무양자의 몸이 땅을 뒹굴었다.

"커헉!"

무양자의 입에서 피가 뿜어졌다. 피를 토하는 것이 처음은 아니었으나, 이번에 목구멍에서 올라온 피는 어느 때보다도 역하고 비렸다. 되삼키지 못하고 토해내는 핏물에는 내장 조각이 섞여 있었다.

무양자는 끝이 머지않았음을 깨달았다. 일어서려 해도 일어설 수가 없었다. 부러진 뼈가 폐를 찔렀는지 숨도 쉬기 어려웠다.

"하찮은 불신자 주제에 제법 애를 먹게 했다!"

광마는 즐거운 표정을 지으며 고함을 질렀다. 가슴을 관통

한 칼을 뽑아 아무렇게나 던져 버리곤 느긋한 걸음걸이로 무양자를 향해 발을 옮겼다.

무양자는 팔에 힘을 주어 버텼다. 어떻게든 상체를 밀어 올렸지만 양팔이 잘게 떨리고 있었다. 작은 행동 하나마저 힘겨웠다. 신경이 모조리 타버린 것 같았다.

"이걸로 끝인가. 미련은 없으니……."

무양자가 허탈한 목소리로 중얼거렸다. 칼날 끝에 목숨을 올려두고 하루하루를 살아왔다. 수백 번 전장에 서고 기천에 달하는 상대와 검을 맞대었다. 언제고 이름 모를 들판에 쓰러져, 객사하는 것도 상정하고 있었던 삶. 사문의 위기에 나서고, 적도에 맞서 싸우다 죽는다면 충분히 의미 있는 죽음이리라.

하물며 지난 수십 년간 전수하지 못했던 무광검도도 제자에게 물려주었으니 미련이랄 것은 없을 터였다. 한데 마지막까지도 몸을 일으키려는 이유는 무엇일까. 스스로도 이해 못할 충동에 이끌려 무양자는 마지막 내공 한 방울까지 쥐어짜냈다.

광마가 성큼성큼 다가온다. 움직여라. 무양자는 저릿거리는 팔다리를 향해 명령했다.

"하하하!"

광마는 커다란 웃음과 함께 무양자를 향해 손을 뻗었다.

검붉은 핏물과 마기가 뒤엉켜 뜨겁게 타올랐다. 작열하는 마기의 불길이 무양자의 얼굴을 향해 뻗어졌다. 무양자는 두 눈을 부릅뜨고 자신의 얼굴에 다가오는 손아귀를 보았다.

누군가 이 순간만을 주욱 잡아당겨 늘린 것처럼 한없이 느리게만 느껴졌다.

오로지 마음만이 고요하다. 생애의 끝자락에서 얻는 깨달음일지 아니면 단순히 주마등처럼 스쳐가는 것인지는 알 수 없었으나, 무양자는 움직이지 않는 수족을 향해 재차 명령을 내렸다.

손끝이 움찔하고 떨렸다. 이윽고 떨림은 전신으로 퍼져 나갔다. 망가질 대로 망가져 움직일 리 없는 몸이 의지만으로 움직였다.

통증이 사라졌다. 무양자는 말이 되지 못한 포효를 내지르며 광마를 향해 달려들었다. 이제 수급을 취하는 것만이 남았으리라 여기던 무양자가 갑작스레 뛰어들자 광마는 크게 당황하며 손을 내저었다. 다급한 출수였지만 담긴 힘은 바위 정도는 손쉽게 분쇄할 것이었다. 무양자는 멈추지 않고 마기의 안으로 뛰어들었다.

상처에 독기가 파고든다. 그로 인한 지독한 통증보다도 무양자의 육신을 움직이는 의지가 더 강했다.

"지독한 놈!"

광마는 온몸에 마기를 휘감은 무양자를 향해 고함을 질렀다. 그 외침을 뚫고 무양자는 수도를 내뻗었다.

콰득!

가슴팍을 꿰뚫는다. 뼈를 부수고 손목까지 파고든 일격. 광마의 입에서 검은 핏물이 왈칵 토해졌다. 광마는 그런 와중에도 손을 휘저어 무양자의 팔을 잡아챘다. 내뻗은 팔이 잡아 찢길 것 같음에도 무양자는 멈추지 않았다. 오히려 반대 손을 뻗어 광마의 목울대를 움켜쥐었다.

"커흑!"

광마가 신음을 토해냈다. 거죽을 뚫고 파고드는 손가락. 목에서 전해지는 압력에 버둥거리며 무양자를 떨쳐내려 했다. 무양자는 온몸이 독기에 잠식되어 가면서도 손에 힘을 풀지 않았다.

새까만 마기 속에서 붉게 충혈된 두 눈으로 자신을 노려보는 무양자는 광마에게 있어서 마인보다 더한 악귀나찰처럼 보였다.

"가르르륵!"

파고드는 손가락이 성대까지 완전히 찢어놓았는지 피 끓는 소리만이 입에서 새어 나왔다.

우두둑!

광마의 손이 무양자의 어깨를 내려쳤다. 뼈가 으깨지는 소

리. 무양자는 이를 무시하고 무릎을 차올렸다. 쾅, 하는 소리
와 함께 낭심을 걷어찼다. 광마의 몸이 들썩이고 입에서는 피
가 뿜어졌다.

"그륵… 그르륵!"

"안 들린다."

피부가 녹아내린 모습으로 무양자가 중얼거렸다.

"말을 하려거든 똑바로 해라."

기어코 무양자의 손이 목뼈를 우그러뜨렸다.

콰직. 우드득!

기분 나쁜 소음과 함께 무양자의 손이 광마의 팔을 뿌리
치고 빠져나왔다. 지지대인 뼈와 근육을 잃고 거죽 하나에
매달려 덜렁거리는 광마의 머리를 무시한 채, 무양자는 다시
손을 어깨 뒤로 끌어당겼다. 손끝을 세워 광마의 가슴에 박
아 넣는다.

푸욱!

목이 뜯겨 나간 탓인지 보통의 육신과 다를 바 없는 저항
만이 느껴졌다. 무양자는 아직까지도 펄떡이는 광마의 심장
을 움켜쥐고서, 손에 마지막 남은 내공을 모두 모아 심장을
터뜨렸다.

화아아악!

광마와 무양자를 휘감고 있던 마기가 흩어졌다. 광마는 입

을 쩍 벌리고 썩은 진흙 같은 진득한 무언가를 쏟아냈다. 비명과 함께 바들거리며 떨리던 광마의 몸이 무너져 내렸다. 무릎이 땅에 닿자 질그릇 깨지듯 쩍, 하고 금이 갔다. 이윽고 수십수백 갈래로 분열하는 금.

걷잡을 수 없는 속도로 퍼져 나간 균열은 이윽고 붕괴한다. 독기를 품은 썩은 피가 넘쳐흘렀다.

무양자는 비틀거리다 이내 그 자리에 주저앉았다. 마기는 흩어졌으나 독기에 파 먹힌 신체는 차라리 죽음이 더 자비로울 지경이었다.

'이것으로 끝이다.'

대라신선이 온다 해도 살아날 수 없는 상태였다. 무양자는 힘없는 눈으로 북동쪽 먼 곳을 바라보았다.

제자가 있을 방향을 보며, 단 하나뿐인 제자의 이름을 중얼거렸다. 떨리는 목소리가 뚝뚝 끊어졌다. 그 목소리에는 천하를 논하는 검수의 고고한 기상도 없이, 검귀라 불리던 날카로움도 없었다.

무양자는 웃는 표정을 지으려고 했으나 독기에 녹아내린 얼굴의 근육은 움직이지 않았다. 이미 반쯤 멀어버리는 눈에 비치는 것은 사방을 둘러싼 불길뿐이었으나 정신이 오락가락하는 탓인지 제자의 모습이 보이는 것 같았다.

"이것 참, 허허……."

무양자는 흐려져 가는 의식 속에서 힘없는 웃음을 흘렸다.

미련이 없다. 미련 따윈 없으니, 방금 전에는 그리 말했지만 거짓말이다. 후회 없는 삶, 미련 없는 삶이 어디 있으랴. 어느 무덤에고 후회는 남아 있다.

그는 그 사실을 잘 알고 있었다. 아무리 멋진 삶을 살아도, 원대한 꿈을 이루어도 최후에는 후회가 남는다. 그리고 그에겐 지금 눈앞에 있는 제자가 바로 그것이었다.

"미안… 하다. 네게는… 큰 짐을 남기는구나. 네가 바라던 평온무사의 꿈을……."

자신이 단사천에게 조금 더 많은 것을 가르쳤다면 달랐을까. 더 높은 경지로 이끌어주었다면 이런 걱정도 후회도 없었을까. 그런 미련이 떠올랐으나 무양자는 곧 생각을 끊었다. 이것으로 끝, 그의 삶은 여기까지였다.

"……."

무양자가 중얼거렸다. 하지만 그것은 말이 되지 못한 채 흩어졌다. 얕은 호흡이 점점 끊어진다. 이윽고 호흡이 완전히 멈췄다.

\*      \*      \*

전신을 흑의로 감싼 사내가 불길을 뚫고 나타났다. 사방에 널브러진 시체들을 지나 아직 불길이 닿지 않은 곳으로 발을 옮겼다. 새까만 웅덩이에 쓰러진 무양자의 시체를 흘긋 내려다본 사내는 그 옆에 처참하게 망가진 광마의 시체에 시선을 고정했다.

광마의 시체, 아니, 그것은 이미 시체라 부를 수 없는 것이었다. 그만한 파괴를 당하고도 광마의 육신은 서서히 복구를 진행시켜 나가고 있었다. 중심이 되는 심장이 박살 나고 목이 떨어진 탓에 속도는 느렸으나 착실하게 재생하고 있었다.

"거기… 누… 구냐."

심하게 발음 새고 있어 알아듣기 힘들었지만 분명한 말이었다. 반쯤 박살 난 광마의 머리에서였다. 두개골 안쪽이 훤히 드러난 그 머리도 몸과 마찬가지로 천천히 재생되고 있는 와중이었다.

"꼴이 말이 아니구나. 밟혀 죽은 벌레도 아니고."

"그 목소리… 흑검이냐?"

광마의 목소리에 안도의 기색이 묻어나왔다. 왜인지 곧 도착하리라 여겼던 부하들이 늦었다. 이러다 점창파 도인들에게 먼저 발견되었다면 끝장이 날 수도 있는 상황이었으니 모든 여력을 재생에 쏟는 광마로서는 긴장할 수밖에 없었다.

"그래."

"크윽……. 검귀가 생각 이상으로 끈질겼다. 회복이야 되고 있지만 적지에서 버티고 있을 순 없으니, 산기슭까지만 나를 옮겨다오. 예비대라면 아직 술자들도 여유가 있을 테니 긴급 수복 정도는 가능하다."

"하긴 아직 예비가 남아 있었군."

"그래, 그러니 어서……."

광마가 손을 뻗었다. 그것을 물끄러미 바라보던 흑검은 손을 잡는 대신 일그러진 미소를 내비쳤다.

"내가 왜?"

"뭐? 지금이 장난 따위를 칠 때냐!"

"장난이라니, 신에 눈이 멀어 현실이 보이지 않는 거냐? 아니면 내가 직접 네 부하들이 왜 오지 않는지 말로 해줘야 이해하냐?"

"네노오옴!"

흑검의 말이 광마의 심중에 끼었던 뿌연 안개를 걷어냈다. 하나 남은 광마의 눈이 노기로 달아올랐다.

하지만 그뿐이다. 지금의 몸 상태로는 변변한 저항도 불가능했다. 할 수 있는 일이라고는 원독을 담아 흑검을 노려보는 것이 전부였다.

"이건 협정 위반이다!"

"그건 미안하게 됐어. 하지만 너희 광신도나 우리 윗대가리들이나 이미 저질러 버린 다음이라면 넘어갈 테지. 대안이 없으니까."

"이 싸움에 미친 개자식……! 혼천지도 아닌 곳에서 마정을 취하겠다는 거냐? 네놈은 모든 피를 게워내고 죽을 거다!"

"그럴지도 모르지, 하지만 네가 말한 것처럼 난 미친개다. 그리고 눈앞에는 맛있는 뼈다귀가 있고."

사악!

"너무 상심하지는 마라. 곧 귀독 녀석도 뒤를 따르게 해주마."

말과 동시에 바람이 갈라지는 소리가 났다. 광마의 목을 베어버리는 검격. 주변의 불길도 일순 허리가 잘려 나갔다. 광마의 머리가 땅에 떨어지기 전 흑검이 손을 뻗었다.

퍼억.

둔탁한 소음과 함께 두개골을 꿰뚫은 손가락이 뇌를 헤집는다. 얼마간 손가락을 놀리던 흑검이 이내 비릿한 웃음을 지으며 손을 뽑아냈다.

그의 손에는 불길한 보랏빛이 감도는 구슬 하나가 들려 있었다.

"이게 아귀의 마정(魔精)인가? 주인도 잃어버렸으면서 기세는 좋군."

뇌수와 핏물로 범벅이 된 그것을 흑검은 일말의 망설임 없이 입으로 가져가 삼켰다.

혀가 마비될 정도로 강렬한 맛에 눈가를 일그러뜨렸지만 이내 차오르는 기운에 미소가 짙어졌다.

제멋대로 요동치는 마기가 칠공을 비집고 튀어나온다. 흑무(黑霧) 속에서 흑검이 피비린내 나는 광소를 터뜨렸다.

七 . 복수

마천회와 무림맹, 양측의 주력이 모인 위수 부근에서는 의미 없는 소규모 교전이 연일 이어지고 있었다. 압도적인 전력을 모으기 위해 위수를 경계로 방어를 굳히던 무림맹이다. 아무리 마천회가 요동을 부려도 웬만하면 나서지 않았던 무림맹이었지만, 이제는 상황이 바뀌었다.

　운남성 남쪽, 마천회의 후방에서 버티고 있던 점창이 무너졌다. 그리고 점창이 무너지며 간신히 유지되고 있던 강남의 치안까지도 흔들리기 시작했다.

　언제고 마인들의 기습이 있을지 모른다는 불안이 퍼지기

시작했다. 무언가 분위기를 일신할 계기가 필요했다. 모두가 그것을 알고 있었다.

회담의 일정이 순식간에 정해졌다. 회담의 장소로 선정된 것은 호북 죽산이었다. 위수 바로 옆에 자리한 전장의 중심이었기에 사람들이 모이는 것도 빨랐다. 점창 봉문의 소식이 전해지고 하루가 채 지나지 않은 시점이었다.

수백의 무사가 건물 바깥을 물 샐 틈 없이 경계하는 사이 십여 명의 무인이 차례로 회담장에 모습을 드러냈다. 겉치레 없이 시작한 회담은 한 하얀 문사복에 유건을 두른 중년 문인의 주도로 이야기가 전개되었다.

"맹의 전력을 세 갈래로 나누어 상락(商洛), 노현(盧縣), 하동(河東)의 세 현에 위치한 마천회의 거점에 대한 일제 공격을 제안합니다. 주요 길목인 세 곳을 공략한 뒤 일대에 남은 잔당을 처리할 소수의 무사만 남긴 채 단숨에 화산과 종남산을 수복하고 잠시 태세를 정비한 뒤, 재차 공세를 이어가자는 것이 군사부의 의견입니다."

"나쁘지 않은 정공법이야. 하지만 이건 아무리 그래도 계획이 너무 노골적이지 않나."

가만히 이야기를 듣고 있던 무당파의 현진자가 입을 열었다. 두꺼운 눈썹이 꿈틀거리는 중년 도인의 얼굴에는 못마땅한 기색이 떠올라 있었다.

"급한 건 이해하겠지만 병법에 문외한이 나조차도 알 수 있을 정도로 너무 뻔해. 놈들의 중추에 일직선으로 이어지는 길목이라니, 당연히 방어가 두터울 게 아닌가?"

"그 말대로다. 정면 돌파는 아무리 생각해도 이쪽의 소모가 너무 커. 밑의 아이들이 가져온 정보에도 그 세 곳은 다른 곳에 비해 방어선이 두터워 어지간한 피해를 각오하지 않고서는 뚫기 어려울 것이라고 했다. 당장 확인된 마인만 수백이 넘는 상황에서 그대로 들이받으라고? 이봐, 군사부령. 우리는 뭔가 다른 책략이 필요해. 그러라고 자네들이 있는 거 아니었나."

이번에는 개방의 장로, 구환개가 눈살을 찌푸리며 말했다. 마인들의 대대적인 침공 이후 정보를 얻느라 희생된 개방 제자 숫자도 어느새 세 자리 숫자에 가까워지고 있었다. 어쩔 수도 없고, 필요한 희생이라지만 달갑지 않음은 숨길 수 없었다.

"비록 소모적이지만 효과는 확실합니다. 희생을 감수하면 놈들을 확실히 밀어낼 수 있습니다. 놈들이 아무리 준비를 철저히 했다고 한들 무림맹의 힘 앞에 무너질 테니까요."

군사부령은 그렇게 말하며 방 안에 모인 좌중을 둘러보았다. 그들 모두가 그의 입에서 나온 계획에 불편한 기색을 흘리고 있었다.

"맹주령에 의한 소집 요청에 하루하루 수십 명이 넘는 무인이 합류하고 있는 상태란 말이다. 주전선에서 벗어났던 점창파가 당해 조급해진 것은 이해하나 이제 조금만 더 버티면 전략이나 전술이 의미가 없을 정도로 압도적인 전력이 갖춰질 텐데 굳이 우리 쪽에서 급하게 움직일 필요가 없지."

못마땅한 기색을 여과 없이 드러내는 남궁가주의 말에 군사부령은 딱딱하게 굳은 얼굴로 답했다.

"이는 저희로서도 어쩔 수 없는 선택이었습니다. 압도적인 전력을 확보한 뒤, 일거에 밀어버리는 것이 더욱 피해도 적을 것이라는 것은 이미 군사부 내부 회의에서도 지적이 되었습니다만… 이제는 움직이지 않을 수가 없습니다."

"움직일 수밖에 없다? 사천과 감숙, 섬서에 위치한 정도문파들의 기반이 무너진 것은 분명 큰 타격이나 무림맹이 급히 움직여 피해를 자초해야 할 이유가 되지는 않아. 한 축이 무너졌으나 기둥은 아직도 많다."

군사부령은 고개를 내저었다.

"그 말이 맞습니다. 이미 피해를 입은 문파들에게는 미안한 말이지만 섣불리 움직여 피해를 감수할 이유는 되지 못하지요. 마인들이 점령지에서 대학살이라도 저지르지 않는 이상 말입니다. 하지만 중요한 것은 그게 아닙니다."

힘이 담긴 목소리였다. 시선이 모여들자 그는 잠시 숨을 고르고 천천히 입을 열었다.

"민심이 흔들리고 있습니다."

"민심인가."

팔짱을 끼고 있던 팽가주가 작게 중얼거렸다. 대의와 협의를 수호한다는 기치를 내건 정파인에게 민심이란 결코 무시할 수 없는 무거운 단어였다. 그 무거운 단어는 그들에게 힘이 되어주었으나, 또 한편으로는 짐이 되기도 했다. 무거운 신음이 굳게 다문 입술을 비집고 흘러나왔다.

"예, 그렇습니다. 가장 중요한 것입니다. 지난 수백 년간 무림맹의 기둥이었던 십대문과 팔대가의 이름은 절대적인 의미를 가지고 있었습니다. 우리가 움직이면 해결되지 않는 문제가 없었고 행여 큰 문제가 생겨도 오래 가지 않아 진압되었습니다. 매년 거마(巨魔)가 날뛰고 혹도가 들끓어도 민초의 삶에는 영향이 가지 않았지요. 하지만 지금은 다릅니다. 손쓸 수 없던 패배가 기폭제가 되었고 무림맹을 향한 절대적인 지지가 흔들리기 시작했습니다."

"…확실히 군사부에서 피해를 감수하고서라도 이 싸움을 최대한 빠르게 마무리 지어야 한다고 생각할 만한 이유로군."

"물러서려고 해도 너무 많은 시선이 모여들어 버렸어. 물러설 수 없는 상황인가."

"구파의 본산이 불탔다. 우리 측 고수들의 패전도 있었지.

무엇보다 우리 무림맹의 실태가 너무 멀리 퍼졌어. 이 이상의 실태는 용납되지 않아. 이 사태에 위축되지 않는 보다 강고한 자세를 보일 필요가 있어."

"그렇습니다. 이 이상 전화가 번지기 전에 끝내야 합니다. 이는 저희가 죽고 사는 문제와는 또 다른 문제입니다. 거기에 우리의 적은 눈앞에 들이닥친 마인들만이 아니지 않습니까. 저희 뒤에는 사도련이 있습니다."

군사부령의 말에 몇 사람의 안색이 더욱 굳어졌다. 그들은 모두가 사도의 거대 문파와 영역을 공유하며 서로의 영향력을 두고 크고 작은 싸움을 반복해 온 자들이었다. 지금까지야 정도무림맹의 힘과 결속력이 사도련에 비해 압도적이었기에 많은 부분에서 이득을 취하고 있었지만 마인들이 일으킨 소요가 길어지고 정도무림맹의 영향력이 줄어든다면?

한번 그 방향으로 생각이 미치자 뒤를 예상하는 것은 어렵지 않았다. 놈들은 탐욕스러운 승냥이였다. 도리나 세간의 눈 따위는 신경 쓰지도 않고 틈만 보이면 언제고 목덜미를 물어뜯고도 남을 놈들, 마천회를 상대하느라 정도무림맹만이 전력을 소모한 상황에서 연이은 싸움은 치명적이었다.

그나마 사도련이 마지막까지 참는다면 최악은 아니다. 진짜 최악은 그들이 마천회와 힘겨루기를 하는 동안 배후에서 사파들이 세력을 넓히려 공작을 시도할 수도 있다는 것. 눈앞에 닥친 사태의 빠른 해결만큼이나 정도무림맹이 지닌 힘과 권위를 과시할 필요가 있음을 그들은 마음 깊이 이해했다.

\*          \*          \*

과거를 준비하며 공부에 집중하던 단사천에게 반가운 손님이 찾아왔다. 하지만 함께 도착한 소식은 반갑지 않은 것이었다. 아니, 반갑지 않은 정도가 아니라 믿을 수 없는 흉보였다.

근 오십여 일만에 다시 만난 일성을 반갑게 맞은 단사천이었으나 그가 꺼낸 이야기에 단사천도 더는 웃는 낯을 유지할 수 없었다.

"우리가 사문에 돌아왔을 때는 이미 본 궁이 불타고 청운암도 무너진 상태였다. …희생자도 적지 않았지. 우리는 너무 늦었다. 그리고 늦은 것만이 문제도 아니었다."

겨우 한 달 만에 다시 만난 일성의 얼굴에는 놀랍도록 건조하고 푸석한 미소가 걸려 있었다. 늘 두르고 있던 호협하고 헌앙하던 기세도 축 가라앉아 있었다. 마주 앉은 단사천의 기도마저 바닥까지 끌어내려지는 것 같았다.

"…사숙께서 돌아가셨다. 우리에게 다른 제자들을 수습하라 말씀하시고는 홀로 마인들을 상대하셨던 탓에 마지막 순간에 곁을 지킬 수 없었다. 게다가 유해도 수습할 수가 없었지."

일성은 단사천을 향해 머리 숙였다. 죄책감이 가득한 모습이었으나, 단사천은 무어라 말도 하지 못하고 그저 멍하니 허공을 응시했다.

누가 싸워서, 누가 죽었다고? 도저히 믿을 수 없는 일이다.

사부가 누군가와 싸워 죽임을 당한다는 사건을 액면 그대로 이해할 수 없었다. 맞서 싸울 수 있는 사람조차도 천하에 몇이나 될지 궁금한 무양자였다.

"놈들이 본 궁에 지른 불이 산 전체로 번지면서 사숙만이 아니라, 그날 참화를 당한 다른 제자들의 시신도 수습할 수가 없었다. 우리가 겨우 파악한 것이라고는 흉수가 혼천종 놈들을 주축으로 한 마천회의 마인들이라는 것 정도다."

일성의 목소리는 일견 차분하게 들렸으나 실제로는 가늘게 떨리고 있었다. 눈에도 죄책감과 분노가 함께 담겨 있었다.

담담히 사건을 되짚자 차오르는 분노에 더 이상 머무르지 못하고 밖으로 나가는 일성. 단가장의 두터운 문이 그의 등 뒤로 굳게 닫혔다.

그리고 아무도 남지 않은 접객실에서 단사천은 홀로 굳어 있었다. 접객실의 얇은 장지문 너머에서는 시비와 하인들이 안절부절못하며 단사천을 기다리고 있었지만 해가 지도록 단사천은 접객실을 나서지 않았다. 그토록 중시하던 수련 시간도 건너뛰고, 식사와 보약까지 거른 채 단사천은 침묵했다.

한참이 지나서야 단사천의 입이 열렸다.

"사부님이……."

짧다면 짧고 길다면 긴 이십일 년의 삶. 그 절반을 함께했다. 제대로 기억도 못 하는 어린 시절을 제외한다면, 오히려 가족보다도 더 긴 시간을 함께한 것이 무양자였다. 말 그대로 하늘이 무너지는 느낌이었다.

단사천은 비틀거리며 자리에서 일어섰다. 등불 하나 없이 어두운 방 안에서 걸어 나온 그의 얼굴에는 숨길 수 없는 분노가 떠올라 있었다.

"가야 된다."

단사천의 말은 다른 누구도 아닌 자기 자신에게 하는 말이었다.

무양자 사부님이 마인들과의 싸움 직후 행방불명되었다는 사실. 믿고 싶지 않은 이야기였으나, 거짓을 전할 리도 없는 일성이었다. 애써 무사함을 믿어보는 것이 전부. 하지만 그것과는 별개로 움직이지 않을 수 없는 소식이었다.

마인들이 어떤 방법으로 사부님의 안위에 위해를 가할 수 있었는지는 모른다. 절세의 고수일 수도 있고 아니면 극독이나 화탄 같은 것을 준비해 두었을 수도 있다. 단순히 수로 밀어붙였을 가능성도 배제는 할 수 없다. 그토록 피하고자 하던 모든 것이 기다리고 있을 것이 분명했다.

어쩌면 천심단을 빚느라 돌아다니던 때보다도 더한 것들이 있을지도 몰랐다. 사부님을 해하려면 그 정도는 준비해야 할 테니까. 단사천은 그런 생각을 하면서도 망설임 없이 발을 옮겼다.

걸음마다 울컥울컥 살의와 분노가 새어 나와 기도에 섞인다. 잔잔한 호수 같던 기파가 점차 격랑처럼 흔들거리며 사방으로 내뿜어진다. 분노로 거칠게 부푼 기도는 온 세상을 집어삼킬 듯, 격렬한 풍랑이 되어 단사천의 전신에 깃들었다.

*　　　*　　　*

최전방에서 싸우던 무사들이 진채 옆을 빠져나가 뒤로 물러났다. 군소방파의 무사들로 구성된 이 진채의 무사대가 받은 명령은 지금 지나간 무사대와 교대하는 다른 무사대가 도착하기 전까지 이곳을 사수하라는 것이었다.

무사대를 들여보내기 위해 열어놓은 진채의 문이 즉시 차단되었다.

이제 앞에는 아무도 없다. 다시 말해 이곳이 최전선이다.

고개를 돌리면 들것에 실려, 혹은 간신히 제 발로 걸어가는 무사들의 너덜너덜해진 뒷모습이 보인다. 부러진 병장기,

생생한 상처 자국이며 그을음이 있다. 그리고 덕지덕지 묻은 핏자국.

이 진채를 맡은 자들보다 아득히 높은 무위를 지녔을 자들이 저렇게 비참한 모습을 하고 있었다. 절로 입술을 깨물게 되었다. 그렇지 않고서야 당장에라도 걱정이 비집고 나올 것 같았다.

"괜찮아. 마인들은 우리 무사대를 쫓아오지는 않았어. 적도 굳이 공세를 이어가지 않고 수비를 다질 생각인 거야. 그래, 괜찮을 거야. 공격은 없을 거라고."

극도의 불안에서 정신을 돌리기 위해, 그저 바라는 마음으로 기도처럼 되풀이하는 말이었다. 이 진채를 지키는 것은 오십 명의 무사였다. 간신히 무인임을 자청할 수 있는 자들. 그중에 나머지와 다르게 붉은 영웅건을 두른 남자가 있었다. 사내가 바로 이 진채의 대장이었다.

특별한 자는 아니었다. 그저 남들보다 나이와 경험이 조금 더 많은 정도. 그의 낯빛은 창백했고, 손은 하얗게 변할 정도로 검 자루를 꽉 쥐고 있었다. 다리도 떨리고 있었다. 이 자리 모두가 그렇듯, 사내도 싸움 경험이라고는 취객을 야단치거나 동네 파락호 몇 놈을 혼내준 정도에 불과했다. 목숨을 건 싸움은 처음이므로 어쩔 수 없으리라.

"육시럴… 살아서 고향에 돌아가면 농사나 지을 거다."

까까머리 사내가 불쑥 푸념을 했다. 그의 주위에 있던 몇 명이 동의하며 고개를 끄덕였다.

"자네들, 화산파 무인들이 말한 것을 기억하나?"

"대막 광풍백사대니 백면귀중이니 하는 놈들과 싸웠다는 이야기요?"

"그래, 그 마귀들이 무슨 무공을 쓴다거나, 뭘 조심해야 한다거나 들은 거 없나? 아는 사람?"

대답은 없었다. 그저 서로 얼굴을 마주 볼 뿐이었다. 말을 꺼낸 사내는 쓸모없는 놈들이라는 생각을 지우며 입술을 잘근잘근 씹었다. 피가 배어 나올 정도였지만 긴장에 고통도 느끼지 못하고 있었다.

"젠장."

몇 명 정도는 후방으로 반송하는 걸 거들게 하면서 더 정보를 모았어야 했다는 후회가 치밀었다. 거기까지는 머리가 돌아가지 않았으며, 또한 진채를 지키는 무사들의 숫자를 줄이는 것이 두려웠던 것이다.

"그만한 대문파에서 나왔으면 더 열심히 해야지! 평소에는 온갖 고상한 척은 다하더니 전장에서는 두려워서 도망치기나 하고!"

끓어오르는 불안과 공포는 분노의 힘을 빌려 격정적으로 터져 나왔다. 주위의 무사들이 보내는 불안한 기색과 눈빛을 신경 쓸 여력 따위 그에게는 없었다.

"왔다!"

그때였다. 자신이 맡은 경계 구역에서 한시도 눈을 떼지 않던 무사 하나가 크게 소리를 질렀다. 그 무사가 가리키는 방향에 모두의 고개가 돌아갔다.

모두가 강을 가로질러 다가오는 소선들을 보았다. 소선에 타고 있는 마인들까지도 보이자, 사내는 금세 토할 것 같은 표정을 지으며 검을 뽑아 들었다.

다섯 척의 소선에는 각각 다섯씩 마인이 타고 있었으며 그중 선두에 서 있는 자는 마치 피부를 모두 벗겨내고 대신 번들번들하게 빛나는 까만 액체를 묻혀놓은 것 같은 모습을 하고 있었다. 괴이한 형상, 그리고 그 형상만큼이나 흉험한 기세를 두른 마인, 회령(灰令)은 기이할 정도로 큰 입을 벌려 뱀의 그것을 닮은 혀로 허공을 핥았다.

그리고 주위에는 먹이를 기다리듯 가만히 앉은 견면의 괴인들이 열다섯, 상의를 탈의한 채 입묵으로 전신을 뒤덮은 자가 넷, 큼직한 협도를 든 자가 다섯이었다.

"수가 너무 많아!"

겁에 질린 목소리로 누군가 외쳤다. 가래가 끓어 거친 목소리였다.

"이젠 틀렸어! 차라리 도망치자!"

"시끄럽다!"

공황을 일으키는 자를 향해 노성이 터졌다.

대장 사내는 비명을 지르며 자리에 주저앉은 자를 무시하고, 고함을 지르며 주위의 다른 무사들을 독려하기 위해 얼굴을 돌렸다.

"잘 들어라! 그저 버티기만 하면 된다! 싸워 이길 필요는 없어! 봉화를 올리면 곧 본대에서 지원이 올 시간만 벌면 되는 거지! 괜찮아! 우린 살 수 있다!"

버티기만 하면 된다는 말에 몇몇의 안색이 돌아왔다. 다시 살 수 있다는 말에 남은 자들도 새하얗게 질린 얼굴로 무겁게 고개를 끄덕였다.

"좋아, 가자!"

공포에 얼어붙은 얼굴로 무사들은 진채 사방으로 전개했다. 목책 사이에 자리를 잡고, 창검을 앞으로 내밀었다. 진짜 고수들에게는 제대로 의미를 가질 수 없는 엉성한 목책이었지만 그래도 그들에게는 이것만이 유일한 기댈 곳이었다.

"총원 전투 준비!"

방금까지 겁에 질려 있던 자들까지 끌어와 정해진 위치에 세웠다. 시시각각 가까워지는 마인들을 앞에 두고 한 사람이라도 놀려둘 여유는 없었다.

쿠웅!

감속 없이 그대로 선착장에 들이받은 소선이 크게 흔들리며 마인들이 뛰어올랐다. 선두는 적의 과반을 차지하던 견면인들이었다.

놀라운 속도로 목책을 타고 오르는 견면인들을 향해 무사들이 병장기를 내질렀다. 피가 튀고 곳곳에서 짐승의 짧은 비명이 들렸다. 상처 입지 않은 견면인들도 황급히 물러났다. 그르렁거리는 소리를 내며 눈치를 살피듯 얼쩡거렸다.

아주 조금 여유를 되찾은 무사들은 다가오는 놈들이 있으면 곧장 무기를 내뻗었다. 그렇게 하면 그들은 다시 물러났다. 다시금 무사들의 얼굴이 밝아졌다.

뒤쪽에 늘어선 마인들은 능글능글 기분 나쁜 웃음만 지은 채, 팔짱까지 끼고 구경만하고 있는 것이 불안감을 자극했지만 이대로 시간이 지나면 그것으로 족하다. 쓰러뜨리기 위해 있는 것이 아니니까.

"뭐, 뭐야!"

이제까지의 무질서한 돌격과 다르게 견면인들이 창검이 닿지 않는 범위까지 물러나 대열을 형성한 것이다. 슬금슬금 불안감이 차올랐다. 그래도 바로 반응할 수 있게 자세를 잡고 있으려니 놈들이 좌우로 갈라지며 회령이 걸어 나왔다.

느긋한 걸음걸이였지만 무사들에게 가해지는 마기의 압력은 그들의 전신을 떨리게 만들었다. 여전히 창검은 닿지 않는 거리에서 멈춘 마인은 마인이 두 팔을 들었다. 그대로 쌍장을 거칠게 휘둘렀다.

새까만 파도 같은 것이 몰아쳤다. 목책을 난자하고 틈새로 파고들어 그 뒤에 있던 무사들의 몸을 거칠게 헤집었다.

비명이 터졌다. 얼굴이나 팔 따위를 부여잡은 자들이 찢어지는 비명과 함께 차례로 쓰러졌다. 목책의 중앙이 한순간에 텅 비었다.

"이, 이젠 틀렸어!"

그 말을 입에 담은 것은 처음으로 도망치자고 했던 무사였다. 그는 제 검도 내팽개치고 온 힘을 다해 내뺐다. 재빠른 판단이었다. 하지만 그의 도주는 뒤에서 대기하던 또 다른 마인에 의해 끝났다.

커다란 협도가 마치 화살처럼 던져졌다. 도망치는 그의 등을 흙바닥에 꿰어 박았다.

뒤에서 목책이 붕괴하는 소리를 들으면서도 무사들은 도주도 저항도 선택하지 못하고 그저 가만히 서 있었다. 원래부터 목책 따위 저들에겐 아무것도 아니었던 것이다.

무사들 사이에서 오열이 번졌다. 그리고 그를 지켜보는 마인들 사이에서는 홍소가 흘러넘쳤다.

점차 포위망을 좁히며 다가오는 마인들, 무기를 버리고 목숨을 구걸하는 자가 속출했다. 그때, 무사들의 시선이 일제히 후방을 향했다.

마인들의 시선 또한 마찬가지였다. 마치 거대한 맹수가 코앞에서 더운 숨을 내뱉는 것 같은 몸서리쳐지는 기척이 그들의 시선을 끌어당겼다.

고속으로 접근하는 인영. 탁한 푸른빛의 무복을 걸치고, 흑검을 손에 쥔 사내였다.

사내의 앞으로 견면인들이 내달렸다. 이빨을 드러내고, 흉성을 터뜨리는 견면인들. 사방을 둘러싸고 덮치는 모양새. 무사들은 그토록 기다리던 원군이 이렇게 죽는구나, 생각하며 비통한 표정을 지었다. 그러나 거센 강풍이 일었다.

모두가 입을 떡 벌렸다.

한 번의 참격으로 전면에 섰던 네 견면인의 몸이 잘려 나가 진채에 나뒹굴었다.

다시 바람이 불었다.

완만한 동작으로 검을 뽑고 견면인들의 머리를 날려 버렸다. 일련의 행동은 모두 평범했다. 자세를 잡고 검을 뽑고 올려 베는 행위, 무인이라면 수백 번이고 수천 번이고 해왔을 단순한 행위.

하지만 이 자리의 누구도 눈으로 그 검격을 좇지 못했다. 오직 사방으로 뻗어 나간 바람이 검격이 있었음을 수십 조각으로 난자당한 시체가 증명했다.

"혼천종은 이제 한 놈뿐인가……. 나머지는 흥미 없다. 도 망친다면 쫓지 않겠다."

중얼거리는 목소리였지만 바로 옆에서 말하는 듯 무사들 의 귀에 박혀 들었다. 마인들은 얼빠진 표정을 하더니 순식 간에 분노와 혈기로 가득한 표정을 지었다.

그런 마인들을 향해 사내, 단사천은 산책이라도 하듯 여유 로운 발걸음으로 거리를 좁혔다. 경계심이라고는 한 조각도 보이지 않았다. 보통 같으면 소리를 질러 말렸겠지만 방금 전 어마어마한 검기를 눈앞에서 본 이상 그럴 마음은 들지 않았다.

아무렇게나 다가오는 단사천의 압박감을 견딜 수 없었는 지, 입묵을 한 마인들이 달려들었다.

번뜩임.

그들의 눈으로는 칼날도 쫓지 못했다. 잘려 나간 마인의 몸이 사방팔방으로 흩어지는 것만을 볼 수 있었다. 그동안 단사천은 일순간도 멈추지 않았다. 마인들 따위 안중에도 없 다는 듯, 스스럼없이 발을 놀렸다.

"어차피 단 한 놈이다!"

협도를 든 마인들이 각기 방위를 점하고 몸을 날렸다. 정 교한 기계장치처럼 맞물려 돌아가는 협도가 짓쳐 든다.

우우웅.

그러나 그 전에 대기를 찢는 소리와 함께 그들의 머리가 날아갔다. 안개가 바람에 흩어지듯, 협도의 잔상이 흐트러지고 머리와 몸이 따로 땅바닥에 쓰러졌다.

"굳이 벌주를 택한다면 어쩔 수 없지."

단사천은 그 말만 하고 피 한 방울 묻지 않은 굉뢰를 검집에 꽂았다. 이미 그 말에 대꾸할 자는 없었다. 그가 도착하고 겨우 수십 초, 이길 수 없으리라 여겼던 마인들이 하나같이 바닥에 나뒹굴고 있었다.

"대적자여!"

회령이 고함과 함께 달려들었다. 앞선 자들의 불행을 따르지 않기 위해 철저히 급소를 가린 모습지만 단사천은 무표정을 바꾸는 일 없이 태연하게 다시 발걸음을 내디뎠다.

'혼천종. 혼천종 놈들은 모조리 죽여주마.'

마천회의 다른 잡배들이야 아무래도 좋았다. 앞길을 막는다면 베겠지만 도망친다면 굳이 쫓을 필요가 없다. 하지만 혼천종이라면 다르다. 불구대천의 원한을 진, 사교 무리의 씨를 말릴 것이다.

좌악! 푸하학!

그런 소리가 울려 퍼지고, 진채가 진동했다.

신속(神速)의 일격. 무사들의 시선이 소리가 들린 쪽으로 향했다. 그곳에 있던 것은 회령이었던 것. 바닥에 쓰러진 그것은 상체가 비스듬하게 잘려 나가 두 덩이가 되어 바닥에 굴러다니고 있었다.

"혼천종 놈들은 그 상태에서도 버틸 수 있지. 어떻게든 몸을 추슬러서 도망칠 궁리를 하고 있겠지만, 나는 잊지 않는다."

회령의 남은 반신이 움찔하는 순간, 바람이 불었다. 퍼억. 둔탁한 소리와 함께 검은 육편과 뼈 그리고 피가 비산했다. 언제 뽑았는지 알 수 없는 검을 되돌린다.

"…삼문협까지 밀렸다면 이 앞은 놈들의 영역인가."

단사천은 그 말만을 하고 끌어 올렸던 기세를 억눌렀다. 짓누르는 위압감이 사라지자 무사들 가운데 긴장이 풀려 제자리에 주저앉는 자가 속출했다. 간신히 버티고 선 자들은 입으로 환성을 토해냈다. 죽음을 모면한 자들의 절절한 포효였다. 환희의 파도를 온몸으로 받은 단사천은 무심하게 그 모습을 바라봤다.

여기까지 오면서 마인들을 베어 넘길 때마다 몇 번이나 봐 온 광경이었다.

생존에 환희하는 사람들. 서로 얼싸안고 눈물을 흘리며 알아듣기 힘든 말을 주고받는다. 시선을 거둔 단사천은 마인들이 타고 온 소선을 살폈다. 충격으로 조금 망가지는 했지만 당장 가라앉을 일은 없어 보였다.

끼익.

소선에 올라타자 삐걱거리는 소리가 크게 울렸다. 근처에 있던 무사들은 그에 반응했지만 무형의 살기와 각오로 고양되어 있는 단사천에게 말을 거는 자는 없었다. 그저 강변 너머, 마인들의 모여든 선착장으로 곧바로 나아가는 모습을 눈에 담아둘 뿐이었다.

삼문협에서의 싸움에 이어, 홍농의 마천회 지부가 박살 난 것은 단 하루만의 일이었다. 두 곳에서 약 오십여 명의 마인이 모조리 도륙당했다. 피비린내 가득한 소문이 퍼지기도 전인 이틀째에는 주양진의 지부마저 불타고 있었다.

공포로 가득한 목소리가 진채 곳곳에서 울렸다.

"괴, 괴물이다!"

콰직!

"난 죽기 싫다고! 도망쳐!"

어쩔 줄 모르는 자들, 흑도의 잡배들이다. 처음부터 마천회의 그늘에서 떡고물이나 주워 먹을 생각으로 합류했던 그들은 눈앞에 닥친 재앙에 눈물과 오줌을 지리며 사방으로 도망쳤다.

도망치는 자들의 뒤에서 천천히 걸어 나오는 그림자가 있었다. 아무것도 비추지 않는 새까만 눈동자. 단사천의 앞을 막아선 지부장 조양은 주변의 새빨간 불길마저 빛을 잃는 것 같은 느낌을 받았다.

"피 칠갑을 하고 돌아다니는 꼴이, 누가 마인인지 모르겠구나."

조양은 간신히 정신을 차리고는 대도를 가슴께로 끌어 올렸다. 시선을 돌리면 그대로 당한다. 하지만 온 신경을 집중해도 볼 수 있다는 것도 아니다.

단사천의 어깨가 흔들린다고 생각한 순간 충격이 전신을 휩쓸고 있었다.

퍼억!

흑선이 공간을 압축하니 그 끝에 있던 조양의 대도가 터져 나갔다. 수십 조각이 되어버린 대도의 파편이 조양의 전신에 박혔다. 난자당한 자신의 몸을 내려다보던 조양의 두 눈이 급속도로 그 빛을 잃었다.

철컥.

이틀 사이 백을 넘는 인명이 단사천의 손에 고혼이 되었다. 아무리 전쟁이라지만 참혹한 살업이었다. 역으로 마인이라 불려도 변명할 여지가 없었다. 지금껏 몇 번이나 습격에 대처하며 베었던 자들도 적지 않으나, 이번에는 달랐다. 정당방위의 범주는 진즉에 벗어나 있었다.

하지만 바로 그것이 무림에서 목숨값을 받아낸다는 것이기도 했다. 흔들리는 심중을 가라앉힌 단사천은 시선을 서쪽으로 보냈다. 고고한 자태를 뽐내는 화산이 그곳에 있었다. 한 차례 마천회의 마인들과 악연을 쌓았던 곳이며, 지금은 마천회에 점거당해 요새로 변한 곳. 그곳에 놈들이 있을 터였다.

八 . 재림천마

삼문협에서 시작된 피의 행보에 강호가 격동했다. 소문은 하루가 지날 때마다 새로운 피바람과 함께 사방으로 퍼져 나갔다. 거칠 것 없던 마천회의 발걸음을 단 한 사람이 멈췄다는 사실은 세인들에게 엄청난 충격을 선사했다.

　그리고 동시에 무림맹 수뇌부에게는 커다란 골칫거리를 선사했다. 그들은 장마가 시작되기 전에 전력을 집중시켜 공세를 가할 생각이었기에 정예를 온존하고 계획을 가다듬던 와중이었다. 그렇기에 그들은 마음 편히 단사천의 활약을 기뻐할 수 없었다.

기껏 준비한 계획과 일정에 차질이 생겼다. 일부러 예비대로 전선을 유지하며 피해를 가장하고 있었건만, 적들의 경계심이 다시 한껏 끌어 올려졌고, 장마를 피해기 위해 짜놓은 일정마저 일그러졌다. 하지만 그건 속내를 아는 자들에게나 보이는 이야기이지, 겉만을 보는 세인들에게는 알 수 없는 이야기.

사방에서 가해지는 압력은 위수를 중심으로 대치하고 있을 때보다 몇 배나 강해진 상태였다.

"소검귀(小劍鬼)가 지금 어디까지 나아갔는지 아시오?"

소검귀, 단사천에게 붙은 또 다른 별호였다. 단사천이 지닌 무력과 만들어낸 결과물에 비하면 귀여운 별호였으나 사부인 검귀의 복수를 위해서라는 이야기가 나오고 나서 어느새 붙은 명칭이었다.

그리고 이 별호와는 별개로 단사천은 종래의 수준을 한순간에 뛰어넘어 무림맹 인사들 사이에서도 요주의 인물로 부각되었다. 단사천의 뒤에 버티고 있는 단가와 허가장, 즉 관의 개입을 별개로 하고서라도 지금껏 보인 행보는 그가 지닌 무력이 천하를 논할 수 있는 수준임을 인정하지 않을 수 없었다.

"오늘 아침에 화산에 있던 혼천종의 전진기지 하나를 초토화시켰다는 정보가 들어왔네. 아마 지금이면 서안 지부를 향하거나 아니면 후방 기지로 사용하던 종남산 쪽으로 진로를 잡았겠지."

팽가주의 물음에 구환개는 관자놀이를 문지르며 답했다. 이야기만으로도 두통이 치미는 느낌이었다. 동석한 다른 자들도 비슷한 모양새였다.

한 사람의 무인으로서, 사부의 복수를 위해 혈혈단신으로 수백의 적과 싸우는 단사천의 행보는 박수를 쳐주어야 할 이야기지만, 동시에 계획을 수립하고 조정하던 입장으로서는 머리를 부여잡을 수밖에 없었다.

단신으로 단체를 깨부수는 고수의 등장은 좋게도 나쁘게도 계획을 바꿔 버리는 변수였다. 통제할 수 없는 미지수라면 그런 경향은 더욱 두드러진다.

"조금만 이쪽과 연계를 해준다면 참 좋겠습니다만, 아직도 연락이 닿지 않습니까?"

군사부령이 힘 빠진 목소리로 묻자 관자놀이를 주무르던 구환개의 손아귀 힘이 더 강해졌다.

"행적을 쫓는 거나 속도는 어떻게든 따라잡아도 접촉은 무리지. 그놈이 위험 지대만 골라서 들어간단 말이다. 녀석이 돌입하는 곳까지 강행할 수 있는 인력은 없어."

구환개와 군사부령의 한숨 소리가 겹쳤다. 적지 한복판을 주파하며 연락을 주고받을 정도라면 구파의 장로급은 움직여야 했다. 그리고 그런 장로급 무인들은 하나같이 이런저런 임무를 수행하는 중이었다. 제대로 제어할 수 있을지 알 수 없는 변수와의 연락만을 위해 사용하기엔 채산이 맞지 않았다.

"어쩔 수 없겠군요. 상락 쪽 타격부대는 더 남쪽으로 보내고 예비대를 좀 더 배정해서 후방 관리를 위주로 움직이겠습니다."

그에 따라 변경되는 물자 집적 계획이나 전력 투입 일정 등 수정이 필요해지는 계획은 산처럼 쌓여 있지만 불필요한 동선을 수정하지 않을 수도 없었다.

펄럭!

창 너머에서 무림맹의 깃발이 크게 펄럭였다. 서쪽에서부터 불어온 바람은 온 천하를 가로질러 이곳까지 불고 있었다.

\*　　　　\*　　　　\*

단사천이 날뛰기 시작한 후로 마천회는 소극적으로 변했다. 여전히 위수 곳곳에서 산발적인 교전은 이뤄졌지만 단사천이 움직인다는 정보가 들어오면 그대로 마인들을 물렸다. 주요한 길목을 텅 비우는 것도 개의치 않았다. 그렇다 보니 도중부터는 무림맹과의 교전조차 기피하며 몸을 사리기 시작했다.

가끔 싸움이 있다고 해도 제대로 된 고수들은 나서지 않았고 졸개들만이 우왕좌왕하다가 토벌당할 뿐이었다. 마치

그러한 고수들은 처음부터 없었다는 듯 모두 사라진 듯했다.

심지어 단사천과 무림맹의 주력부대가 있는 방향에서는 지부까지 철수해 가며 오직 후퇴만을 거듭했다. 마천회의 밑에 모여들었던 흑도와 사도의 군소방파가 이탈로 큰 타격을 입는 와중에도 싸움은 벌어지지 않았다. 속사정이야 알 수 없었지만, 겉으로 보이는 바대로라면 마천회는 모든 것을 포기하고 세외에 있는 자신들의 본거지까지 되돌아가려는 듯했다.

*　　　*　　　*

사방을 밝히던 등불과 야명주가 사라진 혼천지는 그저 음습했다.

혼천지 중심에서 피어나는 습기와 독기가 동굴 안을 지배하고 있었다. 뿐만 아니라 한 치 앞도 분간할 수 없는 어둠이 가득하여 내부에 있는 자들의 시야와 기감마저 차단했다. 그런 상황이건만 누구 하나 불평 한 마디 흘리는 자가 없었고, 횃불을 들고 있는 자가 없었다. 위험함을 알기 때문이다.

이곳에 모인 자들은 대계의 끝을 기리는, 고독(蠱毒)의 장을 위해 모인 후보자들. 이름 그대로 죽고 죽이는 일대의 연회(宴會)였다.

한창 어두운 암혈을 걷고 있는 마부(魔斧)도 그러한 후보자들 중 하나였다.

그는 이곳에 모인 후보자들 중에서도 상당한 거물이었다. 삼대종파의 제일 후보들 정도는 아니었으되 수라문의 당주 자리에 앉을 정도로 뛰어난 무공을 지니고 있었으며, 대전 동안 수십에 이르는 정도의 고수들을 참살한 전적도 보유했다.

쿵쿵!

마부는 성큼성큼 걸음을 옮겼다. 그의 육중한 몸이 움직일 때마다 사방으로 묵직한 발소리가 퍼졌지만 그를 노리고 달려드는 자는 없었다. 먼저 나서봐야 좋을 것이 없다는 판단을 모두가 공유하고 있었다.

"두 종교쟁이 놈들이야 원체 간신스러운 놈들이 많아 그러려니 한다만, 수라도를 열겠다는 놈들까지 조용하다니 실망이다."

부웅!

마부는 양손에 하나씩 쥔 대부를 붕붕 돌리며 사방에 외쳤다. 동굴 벽에 부딪힌 외침이 몇 차례나 반사되며 암혈 곳곳으로 퍼졌지만 여전히 반응은 없었다.

속으로 혀를 찬 마부는 눈을 가늘게 뜨며 위치가 확인된 자들을 살짝 노려봤다. 당장에라도 튀어 나갈 수 있도록 몸을 긴장시킨다. 달려 나가기 위해 발끝에 힘을 주려던 그의 미간에 골이 파였다.

"응?"

발바닥에서 이질적인 감촉이 전해졌다. 처음 혼천지에 들어왔을 때는 느끼지 못했던, 간지러움이 점차 심화되어 가고 있었다. 결국 마부는 자세를 풀고 자신의 발을 살폈다.

"독이?"

그의 얼굴에 다급한 표정이 떠올랐다. 혼천지의 독기는 사람 하나를 통째로 녹여 버릴 정도로 독하기에 미리 대비를 해두었다고 생각했건만, 그 자신도 느끼지 못하는 사이 어느새 반이 넘게 녹아내려 있었다. 조금만 더 시간이 흘렀다면 독기가 발에 닿았을지도 모를 일이었다.

"혈교 놈들이 수작을?"

대체 언제부터인지 모르겠지만, 혼천지의 어둠에는 흐릿한 독연이 섞여 있었다. 공기의 흐름에 따라 일렁이는 것은 독기가 분명했다.

스각!

마부는 다급히 자리를 벗어나려 했으나 무릎 어림에서 무언가가 날카롭게 잘리는 소리가 들렸다.

"큭!"

순간 마부의 눈이 고통으로 크게 치떠졌다. 어둠과 독연에 가려진 은사였다.

쿠웅!

그 순간, 자연스럽게 다리에 힘이 풀리고 한쪽 무릎이 땅에 닿았다. 또렷하던 정신이 순식간에 인사불성이 되어버린다. 급작스럽게 퍼지는 독. 저항하려고 하나 호흡조차 제대로 이어지지 않았다.

턱!

슈걱!

은사가 뻗어 나온 방향에서 날아온 송곳이 그의 가슴을 꿰뚫고 지나갔다. 마부가 입을 떡 벌렸다.

어둠 속에 숨겨진 독연은 의식을 유도하는 장치에 지나지 않았다. 독기는 강하지만 대계의 마지막 장에 선택된 후보자들에게는 충분히 견뎌낼 수 있는 수준. 하지만 그렇게 주의가 흐트러지면 은사에 걸리게 된다. 은사는 마치 거미줄처럼 먹잇감의 위치를 전하고, 마지막으로 송곳이 먹잇감의 숨통을 끊어놓는다.

"이런 함정을……."

숨이 끊기기 직전에야 마부는 그러한 사실을 깨달았다. 너무도 늦은 깨달음이었다.

이와 비슷한 일이 곳곳에서 일어나고 있었다. 누군가는 어둠을 틈타 기습과 매복으로 다른 후보자들을 노렸고, 누군가는 다른 자들을 끌어들인 난전 속에서 싸움으로 스스로를 증명했다.

고독의 장이라는 이름에 걸맞은 격렬한 투쟁의 장이 펼쳐지고 있었다.

흑검의 걸음은 거칠 것이 없었다.

빛 한 줄기 들지 않는 지독한 어둠이 사위에 내려앉아 있었지만 너무도 편안하게 어둠을 걷고 있었다. 칠흑 같은 어둠조차 대낮과 다름없었고, 짙게 깔린 장독도 해를 끼치지 못했다.

혼천지에 들어온 그 순간부터 흑검의 얼굴에는 옅은 웃음이 걸려 있었다. 혼천지에 감도는 분위기가 그가 기대하던 바로 그것이었기 때문이다.

수백 년도 전부터 혼천종의 편집증적인 계획을 통해 만들어진 인공적인 마정지지(魔情之池)는 평소의 강렬한 독기와 마기에 온갖 혼탁한 기운이 뒤섞여 있었다. 그리고 그중 가장 큰 것은 지독한 악의와 살의였다.

"즐거운 수라도, 한바탕 축제로구나."

흑검의 들뜬 목소리에는 살기가 담겨 있었다.

처음에는 대계의 마지막까지 남는 것에 관심이 없었다. 수라문이란 본디 세상에 한바탕 수라도를 열어 즐겁게 싸우다 죽고자 하는, 사투(死鬪)에 미친 광인들만이 있는 곳이었고 수라문의 차대를 짊어질 흑검은 그 극한에 선 광인이었다.

재림천마의 위에 홍미가 없던 것은 아니었지만 그 전에 중원무림의 절대고수들과 싸우다 죽어, 이름 모를 들판에서 썩어가는 것도 생각하고 있었다. 대적자, 단사천과 만나 검을 섞기 전까지는.

"후후후! 재미있겠군. 다시 한 번 그놈과 더 높은 곳에서 싸울 수 있다니. 정말 세상은 재밌는 곳이야."

살심이 동하고 있었다. 피를 보지 않고서는 풀리지 않을 욕망이 솟구쳤다.

미세한 소리도 없이 검이 뽑혔다. 어둠 속에서 보다 더한 어둠을 품은 검이었다. 그가 한쪽 벽을 향해서 가볍게 검을 그었다.

피피핏!

주르륵!

검이 지나간 자리를 따라 희미한 선이 그어지는가 싶더니 곧 새빨간 선혈이 흘러나와 벽을 적셨다.

흑검이 검을 그은 곳에는 먼저 들어왔던 마인이 잠복하고 있었다. 주변에 지각 능력을 저해시키는 몽환향까지 짙게 피워놓았으나 흑검은 그의 존재를 단번에 꿰뚫어 본 것이다.

그 후로도 흑검은 암혈을 지나며 몇 번이나 암습을 노리던 자들을 베어 넘겼다. 예외는 없었다. 흑검이 지나온 길목에 있던 자들은 하나같이 목이 떨어졌다.

뚝뚝!

검을 타고 흐르는 선혈이 점점이 바닥에 떨어졌다. 그렇게 자신의 흔적을 짙게 남기며 흑검은 나아갔다.

그야말로 무자비한 학살이 일어나고 있었다. 혈향이 점차 짙어지자 마인들은 흑검을 노리기보다는 피하는 편을 선택했다. 혼천지가 위치한 중심에 도착했음에도 흑검 주위에 다가서는 자는 없었다.

거침없던 흑검의 발이 멈춘 것은 그의 앞에 나타난 자 때문이었다.

"그 몸 꽤나 어울리는구나, 귀독."

어둠 속에서 모습을 드러내는 남자, 그는 귀독이었다. 다만 이전에 알던 귀독이라고 말할 수 있는지는 확언할 수 없었다. 반라의 귀독의 몸은 살아 있는지 의문일 정도로 창백했으며 누더기처럼 여기저기 기워진 흔적이 적나라했다. 좌우의 팔은 명백히 형태가 달랐으며 손은 장갑이라도 낀 것처럼 새까만 흑빛이었다.

"그러는 네놈도 광마를 먹었다는 말이 사실이었군. 혼천종의 사술은 하찮은 잡술이라고 하던 놈이 말이야. 제 말을 그리도 쉽게 뒤바꾸다니 부끄럽지도 않은 거냐?"

"흐하하하! 그랬었지. 그래도 사랑스러운 대적자 앞에 서려면 달리 어찌할 수가 있어야지."

귀독은 눈을 가늘게 떴다.

"비역질에 눈이라도 떴느냐, 흑검."

"비슷할지도 모르겠어. 정말로."

"카악! 잡소리는 집어치워라. 시시껄렁한 농담 따위로 시간을 낭비하고 싶지 않으니."

푸화학!

귀독의 몸에서 맹렬한 기파가 흘러나오고 동시에 흑검도 기세를 끌어 올렸다. 넘실거리는 마기가 허공에서 충돌했다.

쿠쿠쿠!

암혈 전체가 지진이라도 난 듯 요란하게 흔들리기 시작했다.

"예전부터 너희와 검을 섞고 싶었다. 광마는 안타깝게도 그럴 경황이 없었지만, 너는 나를 즐겁게 해주겠지?"

"잘되었구나. 이제 네 몸으로 직접 확인해 보아라. 지옥과 같은 고통을 선사해 주마."

\*　　　　　\*　　　　　\*

팟!

거의 동시에 두 사람이 움직였다.

육안으로는 구분할 수 없는 무시무시한 속도에 혼천지의 암영이 더해지자 이 자리에서는 오직 귀독과 흑검 둘을 제외하고는 서로를 쫓을 수 있는 자가 없었다.

광쾅!

허공에서 요란한 폭음이 터졌다. 충돌하는 기파와 충격에 동굴 곳곳에서 흙먼지와 돌 조각이 요란하게 흩날렸다.

쩌어엉!

흑검과 귀독이 제대로 충돌하자 귀를 아프게 울리는 날카로운 쇳소리가 울려 퍼졌다. 그와 함께 근처에 있던 마인 몇이 명을 달리했다. 귀독의 은사에 난자된 자, 흑검의 검격에 휩쓸려 둘로 쪼개진 자.

단 한 번의 부딪힘이었으나 이 격돌로 둘은 서로의 힘을 가늠했다. 귀독은 자신의 상상을 뛰어넘는 힘에 놀랐고, 흑검은 충격 속에서도 끝없이 피어나는 마정의 마기에 만족을 얻었다.

흑검은 검을 높게 치켜들었다. 무수한 빈틈을 내보이는, 단순한 태산압정의 수법. 하나 담긴 힘은 정말로 산조차 짓뭉갤 정도의 거력이 담겨 있었다.

터어엉!

그러나 귀독 역시 가만히 당하지는 않았다. 수백 가닥의 은사를 교묘하게 운용해 흑검의 일검을 옆으로 튕겨냈다. 뿐만 아니라 드러난 가슴팍을 향해 흉아쇄(凶牙碎)의 수공을 펼쳤다.

쐐애액!

핏빛 광망을 품은 손아귀에는 바윗덩어리도 단숨에 깨부술 위력이 담겨 있었다. 절체절명이라 할 순간, 흑검의 왼손이 강렬한 울음을 토해내는가 싶더니 귀독의 흉아쇄에 맹렬한 속도로 부딪쳐 갔다.

콰앙!

"크윽!"

굉음이 울려 퍼지고, 물러난 것은 귀독이었다. 답답한 침음이 절로 흘러나왔다. 흑검을 공격했던 손은 손가락이 있을 수 없는 방향으로 구부러져 있었고 하나는 아예 뼈가 살을 찢고 튀어나왔다.

반면 흑검은 멀쩡한 모습이었다. 잠시 균형을 잃고 비틀거리는 귀독. 흑검은 그 틈을 놓치지 않았다.

쉬악!

그의 검이 비틀거리는 귀독을 향해 쏘아져 왔다. 그러나 귀독도 녹록치 않았다. 재빠르게 발을 놀려 뒤로 물러나 흑검의 전권에서 벗어났다. 그렇게 한 호흡에 균형을 회복한 귀독은 이내 무서운 속도로 흑검을 향해 다가갔다.

그의 몸 주위에는 육비귀장(六臂鬼將)의 형상이 환상처럼 펼쳐지고 있었다. 혈교 최고의 절공인 육천금강마신(六天金剛魔神)이 그 본모습을 드러낸 것이다.

혹검은 본능적으로 위기감을 느꼈다.

세 쌍의 팔이 검붉은빛을 뿌리면서 기를 흘리는가 싶더니 곧 완전한 유형화를 이루었다. 정신이 이상해질 정도로 세밀한 강기의 운용이었다. 당대의 혈교주조차 해내지 못할 수준이 눈앞에서 펼쳐지고 있었다.

그것도 혹검 자신을 상대로.

맹렬한 위기감이 마정을 움직였다.

콰아아!

혹검의 전신에서 새까만 기운이 폭사되어 나오기 시작했다. 진흙처럼 넘실거리던 마기는 곧 그의 검에 맺혔다. 혹검은 그대로 검을 휘둘렀다.

쫘앙!

쿠우우우!

귀가 먹먹해지는 한 줄기 격돌 음과 엄청난 충격파가 일어나 암혈 전체를 당장에라도 붕괴시킬 듯이 뒤흔들었다.

먼지가 피어올라 그들의 모습을 가렸다. 이미 인간이라 할 수 없는 경지에 이른 마인들의 대결이었다. 그들의 격전이 만들어낸 여파는 혼천지 전역으로 퍼져 나갔다. 가까이 있던 자들은 내장이 진탕되어 피를 게워냈고 먼 곳에서 구경하던 자들도 뒤틀리는 속을 숨길 수 없었다. 나머지 마인들은 숨을 죽이고 결과가 나오기를 기다렸다.

잠시 후, 서서히 먼지가 가라앉고 전경이 드러났다.

한 사람은 오연히 두 발로 서 있었고 한 사람은 벽면에 처박혀 처참하게 짓이겨져 있었다.

"커헉! 쿨럭!"

간신히 사람의 형상을 유지한 채, 쓰러져 있는 것은 귀독이었다. 그의 몸 전체는 철저한 파괴를 받은 상태였다. 격돌의 여파를 이기지 못한 육신은 너덜너덜해져 있었고 품고 있던 독기는 의지를 벗어나 신체를 붕괴시키고 있었다.

흑검은 귀독을 내려다보았다. 승자는 그였다. 그의 손에 들린 검도 충격을 이기지 못하고 검신 전체에 실금이 자잘하게 퍼져 있었다.

흑검은 미련 없이 검을 던져 버렸다. 수라문의 장인들이 몇 년에 걸쳐 벼려낸 보검이었지만 이 한 번의 격돌을 버텨준 것만 해도 충분히 제 몫은 다한 것이다.

귀독이 피투성이가 된 얼굴로 힘겹게 흑검을 올려다보았다.

"크으으! 마지막은 뭐냐? 수라문에 그런 수법은 없을 텐데……?"

"네 말대로다. 광마의 마정이 있기에 할 수 있던 짓이지."

"그래, 그게 있었지. 크흐흐! 천마의 위는 가장 강한 자가 올라야 함이 맞으나, 놈의 목을 내 손으로 분지르지 못하는 것이 안타깝구나!"

귀독이 처절한 광소를 토해냈다. 그때마다 선혈이 함께 토해져 나와 그의 가슴팍을 붉게 물들였다. 이미 심맥은 가닥가닥 끊겼고 고삐가 풀린 독기는 신체 말단부터 서서히 잠식해 들어가고 있었다. 회생 불가. 흑검은 귀독의 상태를 한눈에 알아보았다.

흑검의 손에 거대한 기운이 몰려들었다. 귀독의 마지막을 장식하려는 의도.

"죽여라! 그리고 그놈도 반드시 죽여라!"

"물론. 그러기 위해서 여기에 있는 거다."

슈욱!

콰직!

내리꽂힌 주먹은 너무도 쉽게 귀독의 심장을 부숴놓았다. 빛을 잃은 귀독의 눈을 잠시 마주 보던 흑검은 천천히 그의 심장을 뽑아냈다. 한 줌 생기도 남지 않고, 독기만이 가득한 심장을 천천히 씹어 삼킨다.

잠시 후, 심장을 전부 삼킨 흑검이 몸을 일으켰다.

"으하하하하!"

흑검의 광소가 암혈을 울렸다. 불안정하게 흔들리는 기파가 사방으로 퍼져 나가며 주변에 있던 마인들의 내부를 다시금 진탕시켰다. 한참이 지나 웃음을 멈춘 그는 귀독을 내려다보고는 벽면을 후려쳤다. 그러자 우수수 떨어지는 돌무더기가 귀독의 시신을 가려주었다.

흑검이 가볍게 숨을 들이쉬고는 외쳤다.

"자, 이제 끝을 내자!"

흑검의 두 눈에 광기가 넘실거리고 있었다.


혼천지를 봉하던 문이 열렸다.

안에서는 음습한 습기와 함께 시취와 혈향이 함께 흘러나왔다. 하지만 그 정도는 예상했다는 듯, 안으로 들어서는 세 사람의 얼굴에는 일말의 동요도 떠오르지 않았다.

안으로 들어설수록 참상은 심화되어 갔다. 피와 내장이 사방에 어지럽게 흩어져 있었고 시체는 온전한 형상을 유지한 것이 거의 없었다. 세 사람의 걸음은 혼천지가 있는 암혈의 중심 앞에서 멈췄다.

혼천지에는 무수한 죽음으로 말미암아 만들어진 살갗을 따끔거리게 만들 정도로 짙은 독기와 사기가 가득했다. 그리고 그 중앙에 한 사내가 오연하게 버티고 서 있었다. 방금 전까지도 살육의 광기에 취해 있었는지 양손에는 원형을 알아볼 수 없는 고깃덩어리가 들려 있었는데, 혼천지에 들어선 세 존재를 인식하자 곧 내던져 버렸다.

"역시 네가 마지막까지 남았구나."

수라문주 겁륜수라(劫輪修羅)는 희미한 웃음과 함께 그렇게 말했다.

혈교주 종산촉룡(鐘山燭龍)은 무표정한 얼굴로 무너진 벽면 한쪽에 시선을 둔 채 입을 열지 않았다.

"…긴 말은 필요 없겠지. 바로 시작하도록 하지."

혼천종주 대천마왕은 입을 달싹이다가 눈빛을 달리하고는 그렇게 말했다. 흑검이 고개를 끄덕이자 세 사람은 여타 부언 없이 흑검을 중심으로 세 방향으로 나뉘어 섰다.

자리를 잡은 세 마주(魔主)의 입에서 주언(呪言)이 울려 퍼졌다. 고요히 읊는 세 종류의 주언과 함께 혼천지가 끓어오르기 시작했다. 거칠게 들끓으며 탁한 독연을 흩뿌리는 그 중심에서 흑검은 입가가 거칠게 비틀렸다. 그것은 고통을 참는 것도 같았고 웃음을 참는 것도 같았다.

"하하하!"

그의 입술을 비집고 거친 웃음이 흘러나왔다. 그리고 점차 그의 몸이 어둡게 변해갔다. 사위에 가득했던 독연이 모공으로 스며들고 암혈 곳곳에 흩어진 주검에서 마기가 그를 향해 모여들었다.

주언을 읊는 세 마주도 예외는 아니었다. 그들의 몸에서도 마기가 빠져나왔고 점차 격렬해졌다.

마기가 사라지며 그들의 얼굴에 점차 깊은 주름이 팼으나 주언은 멈춤 없이 이어졌다.

츠츠츠!

불길한 검은 기운은 곧 혼천지 전체를 뒤덮더니 한데 뭉쳐 소용돌이치기 시작했다. 이윽고 주언이 멎었고 곧 하나의 줄기가 되어 이제는 바닥을 드러낸 혼천지의 중앙, 흑검의 신체에 파고들었다.

"하하하!"

어두운 혼천지 안에서 흑검의 웃음소리가 쩌렁쩌렁 울려 퍼졌다.

종장

계속되는 압박에 마천회는 겨우 한 달 사이에 돈황의 대막
까지 밀려났다. 무림맹이 방심하고, 세간의 시선이 서쪽에서
옮겨가려던 때.

　이번에는 마천회의 역습이 시작됐다. 가장 먼저 길어진 보
급선 곳곳에서 동시다발적인 습격이 발생했다. 하루에도 몇
번씩 일어나는 습격에 점령지의 안정화를 위해 흩어졌던 부
대들이 고립되기 시작했다.

　그리고 놈이 나타났다.

　단사천이 그랬던 것처럼 단신으로 무림맹의 진영을 급습한

놈은 하룻밤 사이에 두 곳의 진채를 불태우고 기백이 넘는 무인을 참살했다.

화약고에 불을 당기는 행위였다. 엉성한 대치 상태가 붕괴하고 섬서 전역이 전장으로 변해 버렸다. 백주에도 살육이 벌어졌다. 관아의 앞에서도 무림맹의 무인과 마천회의 마인이 검을 맞댔다. 민초들은 문을 닫아걸고 숨을 죽였다.

상황을 타개하기 위해 수없이 많은 자가 나섰다. 십대문과 팔대가, 정도를 대표하는 문파가 각자의 정예를 이끌고 싸웠으나, 모두가 역부족이었다.

화산 봉문의 불명예를 씻기 위해 나섰던 신검 태허 진인이 이백여 합을 겨루고 피를 쏟았고, 종남칠선의 수좌, 명유진인은 좌수가 잘렸다. 그 외에도 당당하게 나섰던 초절정의 고수들이 차례로 패퇴했다.

그러던 와중 말이 흘러나왔다.

"절대지경에 이른 마인. 마천회에서는 놈을 재림천마(再臨天魔)라 부르고 있었다. 천마라는 흉명에 걸맞게 놈은 괴물이었다. 그것을 상대하려면 같은 수준의 고수가 있어야 한다. …인정하고 싶지 않으나 검선과 불성께서 직접 나서야 할 것이다."

다른 곳도 아닌 무림맹에서 흘러나온 말이었다. 지금껏 나섰던 자들도 분명 대단한 고수였으나, 이번에 언급된 두 무명(武名)은 격이 다르다. 정도무림 그 자체를 대표하는 이름. 그들로서는 자존심이 상하는 말이었으나, 자부심으로 똘똘 뭉친 명문가들도 부정하지 못했다. 당장 재림천마를 상대하기 위해 나섰던 무수한 고수들이 연이어 패퇴하는 상황이 이어지자 자존심만을 생각할 수는 없었다.

마천회 지부 하나를 지우고 다시 발길을 옮기던 단사천은 습격을 받았다. 숫자는 약 일백여 명. 그리고 계속해서 늘어나고 있었다.

퀴이잉! 콰직 콰드득!

치열한 싸움의 틈바구니 속에서 단사천은 혈로를 열고 있었다. 도대체 얼마나 많은 마인을 동원했는지도 알 수 없었다. 이미 베어 넘긴 자들의 숫자는 잊어버렸고, 그 이상의 적도가 사방에서 단사천을 노려보고 있었다. 땅에 쓰러진 시체만도 수십 구는 넘었을 것이다.

퍼억!

그래도 적들을 뿌리치는 것은 어렵지 않았다. 단순하게 상대가 되지 않기 때문이다. 그어지는 묵선마다 혈화가 피고 생명이 졌다. 전력을 다해야 할 상대는 섞여 있지 않았다. 몰려드는 것은 마약에 취해 겁을 상실하고 달려드는 자들이다.

외려 무광검기가 더 문제였다. 미지근하게 달아오른 몸을 벗어나 날뛰려는 야생마의 기질을 억눌러 두는 것에 심력이 소모가 훨씬 컸다. 신체야 끊임없이 샘솟는 활력에 지칠 줄 모른다지만, 끝을 알 수 없는 살육으로 쌓이는 정신적 피로와 무광검기의 폭주를 억누르는 심력 소모가 겹치자 검을 휘두르는 것마저 그만두고 싶을 지경이었다.

'의미도 없는 짓거리……'

무의미한 살생이었다. 혼천종의 마인들이라면 복수심이라도 불태우겠지만, 대다수는 무공이라고는 배운 적도 없는 민초들이 약에 취해 있을 뿐이고, 무인이라고는 마찬가지로 약에 취한 흑도의 잡배가 열에 하나 정도 섞여 있는 정도다.

적들이라고 단사천의 능력을 모르고 있을 리 없었다. 그렇지 않다면, 그동안 그렇게 피해 다닐 이유가 없었다. 그럼에도 이런 식으로 나오고 있다는 건, 무언가 있다는 뜻이었다.

'아마도 재림천마인가 하는 것……'

단사천도 재림천마의 소식은 들었다. 그것의 등장과 함께 자신을 피하던 마인들이 역으로 공세를 펼쳐왔으니 모를 수가 없었다. 아마도 놈들의 노림수는 십중팔구 재림천마와 연관되어 있을 것이다.

비약일 수도 있지만, 천심단을 얻고 한결 날카로워진 육감이 그렇다고 외치고 있었다.

놈들이 준비하는 것은 재림천마라는 것, 언젠가 그것과 결판을 내게 될 것이라는 기묘한 예감이 들었다.

'지금은 아니다.'

일단은 이 무의미한 살업과 추격을 벗어나야 할 때였다. 어쩐지 신경 쓰이는 재림천마와의 싸움은 나중이다.

'다음은 어디로?'

귀에 들리는 대로, 눈에 보이는 대로, 그렇게 움직였다. 오직 흉수를 찾아다녔지만, 혼천종의 하위 교도가 전부였다. 꽁꽁 숨겨놓았는지 광마나 다른 상위 교인들은 어디서도 찾을 수 없었다. 그렇다면 다음이다. 다른 방법을 생각해야 했다.

이 미쳐 돌아가는 싸움판에 계속 남아 있는 것은 내키지 않는다. 무수한 살업, 적들이 흘린 피로 분노가 식어 정상적인 사고가 가능하게 된 탓인지도 몰랐다.

'일단은 바깥으로 나가 전체를 살펴보는 게 나을까.'

머리가 식으니 생각이 이어졌다. 싸움터의 한복판에서는 볼 수 없는 것들을 보아야 했다. 어디로 움직여야 할지 정보를 모으고 움직이는 것이 최선이었다.


포위를 벗어나야겠다고 생각했을 때였다.

단사천은 그를 쫓아온 일련의 사람들과 합류했다. 장삼과 관일문 그리고 용린단이다. 홀로 집을 떠난 그를 쫓아온 이들이었다.

일부러 홀로 나섰다.

자신의 일이라 생각했기 때문이다. 복수라는 사사로운 감정에 끌어들이는 일이 옳다고 생각하지 않았다. 하물며 그들에게는 각자의 삶과 일이 있었다. 그래서 일부러 밤중에 몰래 빠져나왔던 것인데, 역시나 이렇게 돼버렸다.

장삼이 앞으로 나섰다.

"도련님, 이제부턴 저희가 모시겠습니다."

한마디를 건네며 다가왔다.

이 노복과 함께 천하를 주유하며 영지를 찾아다니던 것이 어제처럼 가깝게 느껴졌다.

"무양자 어르신은 도련님의 사부님입니다. 그것만으로도 저희와도 무관계한 사이가 아닙니다. 거기에 한동안 신세를 지기도 했고, 일초 반식이나마 가르침을 내려 받은 놈들도 적지 않습니다. 은원은 저희에게도 있습니다."

관일문이 고개를 숙였다.

그의 주변에는 꽤나 험한 싸움을 겪어왔는지 한껏 헤진 무복의 용린단원들이 함께 고개를 숙이고 있었다.


단사천은 진로를 남쪽으로 잡았다. 말을 구해 나흘을 내리

달려 난주를 지나니 추격해 오는 놈들도 점차 줄어들었다. 그들보다는 당장 거세지는 무림맹과의 싸움에 집중하는 모양새였다.

"한중과 공동산이 다시 놈들의 손에 넘어갔다는 소식입니다. 하지만 그 이상 남쪽으로 진출은 하지 않고 계속 동쪽으로만 밀고 나가고 있는 모양입니다."

"사천과 운남의 정파들은 더 이상 바깥으로 손을 뻗을 여력이 없으니, 길목만 틀어막으면 그만이라는 생각이겠군. 대적할 자가 나오기 전에 재림천마라는 것을 앞세워서 피해를 누적시키고 싶은 상황. 이 이상 병력을 나누는 건 놈들 입장에서 바람직하지 않겠지."

무작정 정보를 모아 마천회의 지부를 습격하던 단사천과 달리, 관일문과 장삼은 단원들이 모아 온 정보를 취합해 분류하고 조합했다.

"효과도 꽤 나오고 있는 모양입니다. 저잣거리에서 불성과 검선의 이름이 거론되고 있더군요. 단순한 소문만은 아닐 겁니다. 화산의 신검과 종남의 천하검이 꺾였으니 확실하게 그 이상 가는 무인이라면 그 둘밖에 없으니까요."

"그 정도로 급해졌나. 하면 무림맹도 다시 반격에 나설 테고, 우리는 그 틈을 잘 노려야겠지."

"예, 한번 제대로 달려봐야겠습니다."

짧은 휴식을 끝내고 단사천이 다시 움직이기 시작했다. 그리고 뒤를 따르는 무인들이 있다. 여타의 무림인들과 달리, 마상전투와 집단전에 더 익숙한 용위단이 합세하니, 단사천이 홀로 뛰어다닐 때보다도 속도가 더욱 빨라졌다.

양당, 약양, 양정의 전초기지를 깨부수고 석천과 영섬을 가로질러 서안까지 도달하는 데 걸린 일자는 겨우 이레 남짓. 두 세력의 각축장이 된 섬서를 무인지경으로 헤쳐 나오는 모습은 그의 행보를 주목하던 자들의 가슴에 불을 지피는 일이었다.

단순히 복수를 외치는 것만이 아니라, 실력을 갖춘 채로 뒤로는 추격을 받으면서도 원적을 향한 전진을 멈추지 않는다. 실상은 철저한 계산과 군략에 기초해 내린 움직임이지만, 겉에서 보는 바로는 앞뒤에서 덮쳐 오는 위협에 모조리 맞서서 혈로를 열어내는 모습. 피로 쓰는 신화와 다름없었다.

"혈교 무인 일흔에 수라문의 무인이 쉰 정도. 염량현에 진을 지고 있습니다. 저희가 좌우에서 흔들면, 도련님이 나머지를 이끌어 치고 들어가면 되겠습니다."

군과 무림, 양쪽의 방식을 오가며 상황에 맞는 최적화된 전투로 이끌어낸다. 절강왜구, 북방기병, 무림인. 온갖 전장에서, 온갖 상대와 싸워온 경험이 여실히 드러났다.

관일문이 이끄는 용린단이 눈앞의 싸움을 파헤쳐 간다면,

장삼은 조금 더 먼 곳을 보고 움직였다. 적은 많고, 강대했다. 지닌 칼날은 충분히 날카로우나 복수심과 살의만으로는 칼날이 닿을 거리까지 가까워질 수 없었다. 머리를 쓰고 상황을 읽어 거리를 좁혀야 했다.

타다다다.

단사천이 선두에 선다. 일검을 받아내는 자가 없었다. 백하고 수십 무인의 무리를 무인지경으로 적들을 가로질러 흩어버린다.

단사천이 선두에 서는 것은 전법과는 별개의 이유였다. 추모와 복수는 누군가에게 맡길 수 있는 성질의 감정이 아니다. 스스로를 태울 것 같던 복수의 불길은 가라앉혔으나 불씨는 잔불이 되어 아직도 마음의 밭을 태우고 있었다.

그저 무양자가 남긴 무공으로 원수의 피와 죽음을 깊이 새겨야 함이다.

콰아아아!

단사천의 검이 광풍과 같은 기세를 내뿜었다. 일검을 감당해 내는 자가 없다.

천하제일의 쾌검. 더없이 높고 험난한 산악과 같은 무학이 그려내는 참상. 이야말로 무양자를 위한 추모제였고 위령무였다.

촤악!

또다시 핏물이 솟구친다. 단사천의 검은 복수행을 시작했을 때보다 족히 삼 할은 빨라져 있었다. 발전하는 속도가 눈에 보일 지경이었다.

무광검도는 절예다. 그것도 자격 없는 자라면 그릇에 차고 넘쳐 종국에는 깨져 버리고 마는 난폭한 신기(神技). 그러나 단사천의 손에서 펼쳐지는 무광검도의 진경은 진정한 주인을 만난 명마와 다름없었다.


단사천과 용위단이 전장을 가로지르며 신화를 써 내려가는 동안, 무림맹과 마천회의 전쟁은 종극에 치닫고 있었다. 그들에게 시선을 돌릴 여유조차 없을 정도로 격화된 전장. 주검이 된 절정 이상의 고수들만 해도 양손이 모자랄 정도였다. 그러던 와중, 드디어 검선과 불성이 전장에 모습을 드러냈다.

그들은 언제나 두르고 있던 허허로운 기운과 인자한 미소를 내려놓고 삼엄한 기도와 굳은 표정으로 전장을 가로질렀다. 안인(安仁)에서 이백에 이르는 마인들을 패퇴시키고, 대려, 염량, 삼원을 거치며 각각 수십의 마인을 대지에 눕혔다.

노골적인 도발, 마천회는 그 도발을 기꺼이 받아들였다. 재림천마는 모습을 감추지도 않고 당당하게 동진을 거듭했다. 언제든지 오라는 자신감의 발로였다.

무림맹은 종남산을 결전지로 잡고, 무사들을 소집했다. 삼천을 넘는 무사들. 그들은 고르고 고른 정예들이었다. 이윽고 종남산 자락에 도착한 마천회의 군세를 맞이해 검선과 불성이 전면에 나서는 것으로 전투가 시작되었다.

싸움은 사흘에 걸쳐 이뤄졌다. 전장이었던 종남산 전역을 뒤덮는 격전이었다. 단어 그대로 경천동지(驚天動地)한 싸움이 펼쳐졌다. 하룻밤 지나면 종남산의 풍경이 변해 버린다. 절벽이 몇 개나 무너지고, 숲이 몇 개나 사라졌다. 종남산 곳곳에 세워진 수십 채의 도장 전각 또한 폐허가 되었다.

파괴가 멈춘 것은 싸움이 시작되고 사흘째 되는 날 새벽이었다.

떠오르는 햇빛에 새벽안개가 걷히자 전장의 참상이 드러났다. 사방 어디에나 시체와 핏물이 흘러넘치고 있었다.

세 절대고수가 뒤엉킨 싸움은 사방 삼십 리 내에 살아 있는 것이라곤 벌레 한 마리 남지 않은 지경에 이르러 있었다. 승자는 재림천마의 것이었다.

싸움의 시작은 불성과 검선의 일방적인 우세였다. 백 초도 지나지 않은 시점에서 재림천마는 손목을 잃었다. 삼백 초를 지났을 때는 심장에 검이 박히고 한쪽 눈가가 짓이겨졌다. 그럼에도 재림천마는 죽기는커녕, 입은 모든 상처를 복구하며 덤벼들었다.

검선과 불성은 몇 번이나 재림천마에게 치명상을 입혔다.

머리를 부수고, 복부를 베어냈다. 그러나 그 이상 나아갈 수 없었다.

죽여도 죽지 않는 재림천마를 상대로 불성과 검선은 사흘을 버텼지만 그게 전부였다. 지치지도 않고, 죽일 수도 없으며, 구속조차 불가능한 괴물을 상대로 한 싸움에는 애초부터 승산이 없었다.

결국 모든 내공과 체력이 바닥난 삼 일째 자정에 검선의 검이 꺾였고, 새벽에는 불성의 목이 비뚤어져 날아갔다. 그 뒤는 단순한 도살이었다. 삼천에 달하던 무림맹 무사 중 살아서 돌아간 자는 백도 되지 못했다.

일대 회전은 전체 판도를 뒤바꾸는 결정적인 변화였다.

무수히 많은 집단을 하나로 묶던 권위와 무력이 떨어져 나가고, 우왕좌왕하는 무림맹을 상대로 기세를 타, 본격적으로 나서기 시작한 마천회는 기세를 높여 중원 무림의 총본산이라 할 수 있는 하남 숭산을 향해 진격을 감행했다.

곳곳에 난립한 분타를 깨뜨리고, 쌓아올린 진채를 격파하며 나아간다. 무림의 싸움을 규정하는 단 하나의 절대강자로 우뚝 선 재림천마를 막아설 수 있는 자는 어디에도 없었다. 마천회의 주력은 순식간에 섬서와 하북을 가로질렀다.

그와 함께 수십 갈래로 나뉜 전력이 호북과 산서를 휘몰아치며 철저하게 적도를 분쇄했다. 수십 개의 군소방파가 멸문

했고 그 두 배의 문파가 폐문했다. 더하여 적지 않은 상권이 마천회의 휘하로 편입되어 갔다.

숭산을 앞두고 그 모든 전력이 모여들었다. 철저하게 무림맹의 저항 의지를 꺾어버리며 반격의 여지를 차단하는 행보였으나 그럼에도 꺾이지 않은 군웅들이 모여들어 전열을 가다듬고 최후의 싸움을 준비했다.

자발적으로 모인 군웅들에 더해 이미 멸문당한 문파들의 후예와 뒤에서 관망하던 대문파들이 위기의식을 느끼고 모든 전력을 투입해 왔다. 그리고 마지막에 이르러, 단사천과 용위단이 전력에 더해졌다.

그들은 꽤나 환영받았다. 모여든 군웅의 대다수가 단사천이 행하는 복수행을 들으며 가슴을 불태우던 자들이었던 것이 이유의 하나였고, 무엇보다 고수와 제대로 된 무력 집단의 합류라는 점이 큰 이유였다.

주력이 종남산에서 소멸된 까닭에 제대로 된 전투 부대는 환영받을 수밖에 없었다.

그리고 그날 밤, 재림천마가 이끄는 마천회의 군세가 낙양을 지났다는 소식이 들려왔다.

\*　　　　\*　　　　\*

"어차피 숭산에서 쓸 묘책 같은 건 없습니다. 산세를 이용하고 지리를 이용해서 무언가 계책을 짜내도, 그걸 제대로 실행할 머리가 없으니까요. 아마 각 파는 최고수를 앞세워 맞부딪힐 겁니다. 오직 그뿐, 첫 돌격에서 성과를 낼 수 있느냐에 모든 것이 달려 있습니다."

장삼이 지적하는 것처럼 지금 무림맹은 다른 계략을 써볼 상황이 아니었다. 무수한 대문파와 그보다 많은 중소방파가 모여 있었다. 검선이나 불성 같은 압도적인 권위와 무력 없이는 그들을 제어하기란 불가능했다.

오직 하나.

전통적이고, 무식한 방식뿐이다. 하나의 용력에 기대어 싸움을 이끌어가는 것뿐.

다행히 숭산에 모인 자들은 결코 무위가 낮지 않았다. 한 성을 대표할 만한 고수들만 수십이었다. 그들의 위명과 무력에 기댄 사기도 상당했으며 모여든 자들의 숫자도 거의 일만에 달했다.

재림천마가 제아무리 괴물같이 강하다 하여도, 마천회 마인들이 아무리 잔혹하고 강인해도, 겨우 단 한 명과 천여 명에 지나지 않았다. 한 손으로는 열 손을 당할 수 없으리라. 그리 믿고 있는 듯했다.

첫 공격, 그 한 번으로 수십의 무인이 쓸려 나가기 전까지는.

정주로 진입하는 길목에서 재림천마는 개방 용두방주를 겨우 스무 합으로 제압하고, 기라성 같은 고수들을 모조리 쓰러뜨렸다. 그러나 그중에 죽은 자는 없었다. 재림천마가 손속에 사정을 둠이 아니었다. 그저, 그럴 가치를 느끼지 못하는 것뿐이었다.

"마인(魔人)! 너를 여기서 끝내주마!"

마천회 마인 둘을 단숨에 쓰러뜨리며 달려드는 중년인, 칠홍검 상옥은 산동의 이름 높은 절정 고수였다. 그의 전신에서 발산되는 것은 한 자루 검으로 이룩한 정갈한 검기였다. 반경 삼 장에 이르는 범위를 검기로 가득 채우며 짓쳐 들었다.

꽝! 꽈광!

거대한 힘의 충돌들. 하나 차이는 극명했다. 한껏 얼굴을 찌푸린 상옥과 아무렇지 않은 얼굴로 상옥을 멀리 밀어내는 재림천마. 명백한 격차였으나 상옥을 고함을 지르며 다시 달려들었다.

화아아악!

재림천마의 검에서 뿜어져 나온 칠흑의 마기가 주변을 채웠다. 검력을 끌어내 맞서지만 중과부적. 근본적인 실력의 차이를 넘을 수 없었다.

첨단에서부터 검이 가루가 되어갔다. 눈으로 보면서도 믿기 힘든 강대한 내력은 이내 검을 모두 부스러뜨리고 상옥을 날려 버렸다.

하지만 그런 엄청난 일을 해낸 재림천마의 두 눈에는 무심함이 가득했다. 장난감에 흥미를 잃은 아이를 닮은 눈빛을 하고, 재림천마는 멈추지 않고 나아갔다. 마천회의 군세를 뚫고 그의 앞을 막아서는 자는 계속해서 나타났으나 제대로 발을 멈추게 하는 자는 없었다.

하지만.

"흑검."

저편에서 들려온 목소리, 그러나 재림천마, 아니, 흑검의 귀에는 천둥처럼 울리는 목소리였다.

무심함으로 가득했던 흑검의 눈에 생기가 돌았다.

흑검은 천천히 목소리가 들린 방향으로 몸을 돌렸다.

"드디어 왔구나, 대적자."

시체같이 창백한 흑검의 얼굴, 붉은 입술에 미소가 스쳐지나갔다.

"결판을 지어야지. 사부의 원수가 여기에 있지 않나. 이번에는 끝까지 서로 칼부림을 해보자."

"…원적(怨敵)은 네가 아니다."

"아니, 내가 맞다. 광마는 이제 나거든."

흑검의 말에 단사천은 얼굴을 찌푸렸다. 무슨 소리를 하는 것인지 이해하기 어려웠다. 그런 기색을 눈치챘는지 흑검이 히죽 웃었다.

"이해하지 못하나? 그래도 상관없다. 네가 천마강신의 비술을 이해할 필요는 없으니. 그저……."

말을 흐리는 흑검의 얼굴이 징그럽게 일그러졌다. 안면 근육이 마구 날뛰다 이내 멈췄는데 그 모습이 마치 광마의 그것을 닮아 있었다.

"네 사부, 검귀를 죽인 것은 나라고 해도 틀리지 않다는 것만 알면 된다."

검신, 검병, 수실까지 모든 것이 새까만 환검을 들어 올리며 마정의 기운을 끌어 올리는 흑검이다. 하나 단사천이 더욱 빨랐다. 복잡하게 이어지는 사고를 잘라 버리고, 검에 손을 가져간다.

굉뢰의 검신에 실린 무광검기가 뇌성을 토해내는 순간, 서로가 지닌 힘들을 완전히 전개해 냈다.

꽈아아앙!

앞서 벌어졌던 싸움들을 한 단계 이상 뛰어넘는 격돌이었다. 막대한 충격이 허공을 달리고 흩어진다. 당사자들을 제외하면 누구도 눈으로 좇을 수 없는 필살의 일격들이 필살이란 이름이 무색하게 허공에서 부딪혀 깨지기를 반복한다.

'역시!'

흑검은 입술을 귀밑까지 끌어 올렸다. 온전한 천마강신을 이루었음에도 손아귀가 떨리고 혈맥을 타고 파고드는 검기에 통증을 선사했다. 대계의 종막에서 힘을 갈무리한 뒤로는 잊고 있었던 감각에 흑검은 흥분했다.

검선과 불성의 무공도 대단했으나, 그것들은 이런 통증을 선사하지 못했다. 천마강신, 천마신공의 근간을 뒤흔드는 위력은 지금 이곳에서만 느낄 수 있었다.

사악! 파삭!

검에 휘감긴 경력은 닿지 않았음에도 살갗을 베어내고 옷자락을 부숴 흩어버린다. 해소되지 못한 경력들이 사방으로 퍼져 나갔다. 칠흑과 같은 두 검정이 서로 부딪혀 뒤엉키고 터져 나간다.

"흐읍!"

단사천이 짧게 숨을 들이마셨다. 발검(拔劍). 모든 검법의 근원이다. 시작의 그곳에는 원한과 분노가 깃들어 있고 슬픔이 담겨 있다. 그리고 무엇보다도 진한 무예가 담겨 있다.

퀴이이잉! 쩌엉!

흑검이 검을 끌어당겨 단사천의 일검을 막아냈다. 허공이 일그러지는 경력의 파도 속에서 단사천의 검이 휘몰아쳐 온다. 일체의 낭비가 없는 곧은 직선.

무광(無光).

진신은 눈으로도 좇을 수 없다. 빛도 따르지 못한다 하여 무광이었고, 그것을 검으로 담아낸다 하여 검도였다.

쿠우우웅!

막아선 흑검의 전신이 거칠게 떨렸다. 격한 진동은 대지로 이어진다. 딛고 선 암석의 바닥이 커다란 폭발을 일으켰다. 흑검과 단사천 둘 모두의 신형이 흔들렸다. 흔들림은 굉뢰의 검신으로 이어진다.

캉! 카가가강!

찰나를 가르는 무수한 격돌. 가볍게 열을 넘어 열다섯 번이 되어서야 연환이 멎는다. 흑검이 피워 올린 칠흑의 마기가 흩어졌다.

"카앗!"

이번에는 흑검 쪽에서 터져 나온 기합이었다.

쩌저저저정!

굉뢰와 환검이 충돌하며 불꽃을 튀겼다. 온몸에서 수십 개의 칼날을 뽑아내듯, 환검을 눈부신 속도로 휘돌려 왔다. 전신을 잠식하는 짙은 마기에 굉뢰의 칼날이 밀려난다. 당혹감이 단사천의 심중에서 고개를 들이밀었다.

터엉!

한순간, 힘을 주어 흑검의 일격을 맞받아쳤다. 가해지는 반탄력이 생각 이상이다.

파아아아!

광뢰의 움직임이 그 어느 때보다 격해졌다. 수십 줄기의 흑선에 꿰뚫린 마기의 벽은 넘실거리던 움직임을 멈추었다. 듬성듬성 구멍이 뚫린 마기 너머로 흑검의 얼굴이 보였다.

살아 있는 듯 날뛰던 검을 끌어당긴다. 마치 활시위를 당기듯 한껏 끌어당긴 검은 이내 폭발하듯 뛰쳐나간다. 일말의 망설임도 담기지 않은 올곧은 살의가 검극에서 빛을 발하며 공간을 도려냈다.

촤아악!

흑검의 가슴팍. 핏줄기가 뿜어졌다.

하나 흑검은 도리어 앞으로 성큼 걸음을 내디뎠다. 그의 손에 들린 환검이 다시 한 번 검은 마기를 뿌려댔다. 어쩔 수 없었다. 홀쩍 뛰어 물러나는 단사천. 그만한 상처를 입히고도 물러나는 것은 단사천이었다.


흑검은 불컥 핏물이 흘러넘치는 가슴의 구멍을 내려다보고는 히죽 웃었다. 한 말 정도 피를 쏟아낸 구멍은 눈 깜짝할 사이에 원상태로 복구되어 있었다. 피해는 대단할 것도 없었으나 흑검은 놀라고 있었다. 진심으로 내지른 자신의 검이 너무도 가볍게 파훼되는 꼴에 놀랐다.

흑검은 진심으로 말했다.

"대적자… 아니, 단사천, 넌 정말 대단한 놈이다. 아무리 감탄해도 끝이 없구나."

환검을 크게 휘돌린 흑검은 전신을 그대로 내보이는 검세를 취했다. 전신 요혈을 모두 노출하는 자세, 방어 따위 생각지도 않는 동귀어진의 자세였다.

"자아! 계속해 보자!"

내뻗는 검이 속도를 더했다. 더 빨라질 여지가 있느냐고 묻는 검격이었다.

카아아앙!

"검을 주고받을 때마다 알 수 있다! 나는 요구하고 있었다. 마음껏 부딪힐 수 있는 상대를!"

튕겨 나간 환검을 되돌리는 흑검의 자세는 엉망으로 흐트러졌다. 그 틈을 노리고 단사천이 굉뢰를 내뻗어 그었다. 독기를 가득 품은 핏물이 흘러넘쳤다.

"그간 나는 더 빠르게, 더 강하게, 더, 더, 더! 요구했다! 그리고 굶주리고 있었다, 이 앞을!"

흑검의 웃음은 더욱 짙어졌다. 웃는 것인지 화를 내는 것인지 분간하기 어려울 정도로 온갖 감정이 뒤섞인 웃음이었다.

환검이 원을 그리며 단사천의 검을 얽어매려 했다.

쩌어어엉! 촤악!

버텨내지 못하고 원이 뭉개지고 튕겨 나간다.

이번에는 수백에 이르는 검기의 잔영으로 눈을 환혹한다.

파파파파팡! 콰드득!

허실 구분이 의미 없는 모든 검기의 잔상을 하나하나 요격해 때려 부쉈다.

"너다! 네가! 나를 더 높은 곳으로 데려가 준다! 너야말로 내가 바라던 대적자다!"

"시끄럽다!"

날카로운 단사천의 답에 흑검은 광소를 터뜨리며 검을 내질렀다.

내뻗은 검이 파훼되어 목덜미를 반쯤 뜯겼다.

그러자 검만이 아니라 수공을 펼치고, 다리를 놀려 극단적으로 거리를 좁힌 다음 각법을 펼치기도 했다. 그러나 모든 것이 무위로 돌아갔다. 모두가 검격에 막히고, 베인다.

다만 그럼에도 쓰러질 줄을 모른다. 끝을 모르는 흑검의 재생력에 단사천이 질린 얼굴로 이를 갈았다.

"끈질긴 놈!"

"으하하하하! 정말이지 너는 좋다! 너무도 좋다!"

살기가 폭사되었다. 수십 장 너머 거리에서 구경하던 무사들의 몸까지 따끔거리게 만들 정도로 강렬하고 짙은 살기.

움찔하며 대비하는 단사천을 두고 흑검은 훌쩍 뒤로 물러났다.

"그래도 이렇게 일방적인 것도 재미가 없지."

마정의 마기가 흑검의 전신을 타고 폭주했다. 흑검의 몸 주위로 짙은 안개 같은 마기가 솟아오르고 이내 회오리바람처럼 그의 몸을 감으며 고속으로 휘몰아쳤다.

마기에 의해 대기가 요동친다. 점차 몸집을 불려간 마기는 종국에는 하늘에까지 닿는다. 구름이 흩어지는 광경. 일개 인간이 만들어낸 것이라고 믿을 수 없는 권능의 초래는, 무림맹과 마천회 무사들 일만여 명에게 본능적인 공포와 압력을 선사했다. 무진장(無盡藏)의 마기를 간접적으로 체험한 자들은 그대로 떠밀리듯 뒷걸음질 쳤다.

"내게 보여다오, 네 검을."

흑검의 오른팔이 휘둘러졌다.

막대한 마기가 천지를 쪼갤 듯 내리꽂힌다. 저것은 폭풍이었다. 그것도 일개 인간을 노리고 불어오는 사나운 광풍이다. 그 앞에서 일개 인간이 무엇을 할 수 있는가. 그리 묻는 것 같았다.

일격, 이격, 그리고 더해지는 무수한 참격.

바람의 결을 따라 베어내는 검격이 광풍을 막아서는 벽이 된다. 수천 겹의 선으로 이뤄진 흑색 장벽은 거세게 흔들렸다. 몰아치는 폭풍은 수십 개씩 선을 부수며 전진했고, 그때마다 단사천은 검초를 뽑아내 선을 그었다.

폐가 격렬하게 호흡을 요구했다. 무광검기가 내달리는 혈도는 통증을 호소했다. 미처 막아내지 못한 마기에 전신 곳곳이 난자당했다. 피가 흐르고, 근골이 삐걱거렸다.

얼마나 지났는지 알 수 없었다. 적어도 수만 번은 족히 넘어갈 검격을 내쳤다는 것만을 기억했다. 뜨겁게 달아오른 전신은 여전히 반복적으로 움직이고 있었다. 전신에서 외치는 고통조차 모호해지고 있었다.

"…아직!"

단사천은 힘이 빠져나가는 손을 오로지 의지만으로 굳게 쥐었다. 피가 흘러넘쳐 어지러워진 시야 속에서도 모든 것이 흐릿하여 아무것도 보이지 않았다. 오로지 의지만은 투명했고 날카로움을 잃지 않았다.

"선을 그려라."

뇌리를 스치는 것은 오직 하나였다. 적과 나를 잇는 최단의 선, 최적의 선, 최속의 선.

귀에 딱지가 앉을 정도로 들어온 그리운 한마디였다.

"너의 선을 그려라."

무양자의 목소리에 어느 날의 꿈이 되살아났다. 무수한 선을 그리던 꿈. 그러다 주저앉았던 그 꿈의 기억.

기억을 떠올린 순간, 무수히 뻗어 나가던 수백의 선이 단 하나로 압축된다. 그것이야말로 올바른 길이라는 것을 깨달은 순간 거대한 맥동이 전신을 뒤흔들었다.

두웅!

단전 깊은 곳에서부터 시작된 맥동은 사지백해로 퍼져 나갔다. 맥동이 지나간 자리로 찬란한 빛줄기가 흘러들었다.

기운의 근원은 명백했다. 천심단(天心團)이었다. 천심단은 심장에 맞추어 계속해서 맥동하며 기운을 보태주었다.

기운은 신체에 다시금 생기를 불어넣었다. 통증이 점차 누그러들었고 피가 멎었다. 희뿌옇던 시야가 개었다. 깃털처럼 가벼워진 몸을 움직였다.

선을 떠올리자 너무도 당연하게 움직이는 몸이었다. 원래부터 알고 있었다는 듯, 줄곧 그려왔던 검격인 것처럼. 그려낼 수 없을 것 같았던 그 날의 꿈이 무색하게 너무도 쉬웠다.

흑색의 선은 자연스럽게 하지만 더없이 격렬하고, 난폭하게 뻗어 나갔다.

우우우우웅!

검이 휘둘러졌다. 검집에서 나왔다는 과정을 날려 버린 듯했다. 누구도 보지 못한 일격이었으나 그곳에 존재했음은 모두가 알 수 있었다.

대기가 거칠게 떨리고 있었다.

검의 궤적을 따라 숲이 베였고, 하늘이 베였다.

마기의 폭풍은 그쳐 있었고 하늘이 열려 있었다.

압도적인 광경에 가장 먼저 반응한 것은 검의 주인인 단사천도 아니었고, 주변을 에워싼 무수한 군중도 아니었다.

심장을 포함해 좌측 반신을 잃은 흑검이었다.

"흐하하하핫! 정말이지 멋진 검이다! 이 사투의 마지막을 장식하기에 더없이 어울리는 검이었다."

흑검은 피가 끓는 것 같은 웃음을 연이어 토해냈다. 그와 동시에 흑검의 몸이 수만 조각으로 부서지며 흩어졌다.

그 후

그날따라 단가장이 소란스러웠다. 새벽부터 일어난 시녀들은 황궁 숙수를 지낸 노 숙수의 지시에 따라 온갖 음식을 만들어냈고, 하인들도 분주히 오가며 내원에 자리를 정비하거나 음식을 나르고 있었으며, 몇몇은 지붕에 비단을 달고 있었는데 영락없는 잔칫날의 모습이었다.

   내원에는 이미 무수한 손님들이 자리하고 있었다. 패천방에서 찾아온 무림인들이 있었고, 점창파에서 찾아온 도사들도 있었다. 다른 쪽에는 대소관료들이 수십이나 모여 이야기하고 다른 곳에서는 약 냄새를 진하게 풍기는 의원들이 모여 있었다.

그리고 그들 중앙에는 선녀와 같이 꾸민 세 미녀가 자리 하나를 비워둔 채 상에 둘러앉아 담소를 나누고 있었다.

"지금 성문을 통과하셨답니다!"

대문가에서 외친 소리에 움직임이 잠시 멈췄다가 더욱 분주해졌다. 한층 더 화려한 산해진미가 자리에 놓이고, 비단과 꽃 장식을 매만졌다. 또 며칠 전부터 고용한 놀이패가 내원 한편에서 언제고 풍악을 울릴 준비를 하고 있었다.

부산을 떨고 얼마 지나지 않아, 그들이 기다리는 사람이 도착했다. 노복이 앞장서 들어오고, 그 뒤를 어화가 달린 관모를 쓴 사내, 단사천이 따라왔다.

대문을 넘자마자 풍악이 울려 퍼지고 단가장을 찾은 무수한 객들이 무어라 축하의 말을 쏟아냈다. 그들에 일일이 답하며 단사천은 천천히 중앙으로 걸어갔다. 중앙에 이르러 객들은 천천히 거리를 벌려주었다.

단사천은 어색한 걸음으로 중앙에 놓인 상에 다가가자 세 여인은 동시에 단사천에게 시선을 보냈다. 셋 모두가 입가에는 부드러운 웃음을 띠고 있으면서 눈만은 차가움이 엿보이고 있었다.

"드디어 전시 급제네요. 팔 년만이죠?"

"오라버니를 기다리다가 어느새 저희 나이도……."

"주안술과 식이요법도 한계가 있답니다."

한마디씩 내뱉으며 눈을 흘기는 셋에게 단사천은 쩔쩔매며 어색한 웃음만 흘릴 뿐이었다.

모두 그가 자초한 일이었다. 그날의 싸움 이후 쓰러져 보름 만에 눈을 뜨고는 그를 보며 하염없이 울고 있던 세 여인에게 과거에 급제하면 자격을 갖춰 맞이하겠노라 말한 것은 본인이었으니까.

단지 황제 친정의 여파와 무림의 소란이 겹쳐 과거가 밀린 것은 그렇다 처도 그 이듬해 열린 전시에서 낙방한 것은 온전히 그의 잘못이었다.

그렇게 팔 년, 방년의 꽃다운 나이에서 이립 직전까지 세여인을 독수공방하게 만든 죄를 알기에 단사천은 아무 말도 하지 못했다.

"하아, 아무튼 축하드립니다."

가장 먼저 표정을 푼 서이령이 단사천을 자리로 끌어당겼다.

"와, 이제 독수공방은 끝이구나!"

곧이어 언제 눈을 흘겼냐는 듯, 단목혜는 활짝 웃으며 단사천의 어깨에 몸을 기댔다.

"그럼, 납채는 기대하고 있을게요. 화려하고 성대하게. 저희 아버지도 기대하고 계시더라고요. 쉽게 끝날 거라고 생각

마요."

　무설의 반쯤 농이 섞인 선포에 단사천은 그저 어색한 웃음만을 흘릴 수밖에 없었다.


　　　　　　　　　　　　　『보신제일주의』완결

이제부터 전자책은

# 이젠북

## www.ezenbook.co.kr

새로운 세계가 열린다!

김재한 『성운을 먹는 자』　　철백 『대무사』
니콜로 『마왕의 게임』　　가프 『궁극의 쉐프』
이경영 『그라니트:용들의 땅』　　문용신 『절대호위』
탁목조 『일곱 번째 달의 무르무르』　　천지무천 『변혁 1990』
강성곤 『메이저리거』　　SOKIN 『코더 이용호』

**이름만 들어도 황홀할 정도의 별들의 향연!**
이들의 "유료연재"가 시작됩니다!

검색창에 **이젠북**을 쳐보세요! ▼

# 초대형 24시 만화방

신간 100%, 샤워실, 흡연실, 수면실(침대석), 커플석, 세탁기 완비

## ■ 광명 광명사거리역점 ■

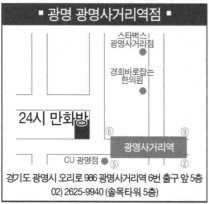

경기도 광명시 오리로 986 광명사거리역 6번 출구 앞 5층
02) 2625-9940 (솔목타워 5층)

## ■ 강북 노원역점 ■

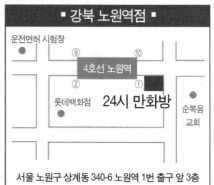

서울 노원구 상계동 340-6 노원역 1번 출구 앞 3층
02) 951-8324 (화용빌딩 3층)

## ■ 일산 정발산역점 ■

일산 정발산역점은 라페스타 E동 건너편 먹자골목 내 객잔건물 5층
031) 914-1957

## ■ 일산 화정역점 ■

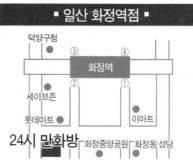

경기도 고양시 덕양구 화정동 984번지 서일빌딩 7층
031) 979-4874 (서일사우나 건물 7층)

## ■ 부천 역곡역점 ■

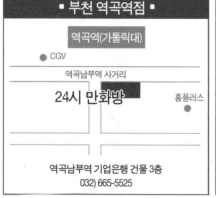

역곡남부역 기업은행 건물 3층
032) 665-5525

## ■ 부평역점 ■

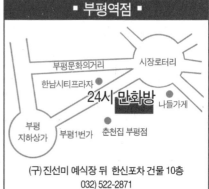

(구)진선미 예식장 뒤 한신포차 건물 10층
032) 522-2871

만학검전 종남마검 편

FANTASTIC ORIENTAL HEROES

한성수 新무협 판타지 소설

천하제일인 운검진인과의 대결을 앞두고 사라진
종남파 사상 최고의 제일고수 이현.

그가 나타난 곳은 학문으로 유명한 숭인학관?!

환골탈태 후 절세의 경지에 도달한
이현의 무림기행기!

Book Publishing CHUNGEORAM

유행이 아닌 자유추구
WWW.chungeoram.com

天魔神敎
洛陽支部

# 천마신교 낙양지부

정보석 新무협 판타지 소설

FANTASTIC ORIENTAL HEROES

무협武俠의 무武란 무엇을 뜻하는가?
바로 자신의 협俠을 강제强制하는 힘이다.

자신을 넘어, 타인을 통해, 천하 끝까지 그 힘이 이른다면,
그것이 곧 신神의 경지.

일개 인간이 입신入神하기 위해
필요한 것은 무엇인가?

지금, 그 답을 찾기 위한
피월려의 서사시가 시작된다!

Book Publishing CHUNGEORAM

WWW. chungeoram.com